SWAN BOOKS

My fake LOVER

A BAD CEO STORY

Von Olivia Swan

1. Auflage, 2022

Swan Books – Olivia Swan
c/o Textwerkstatt
Sabrina Cremer
Körfken 80
44227 Dortmund
info@olivia-swan.de

Lektorat:
Textwerkstatt, Sabrina Cremer,
www.textwerkstatt.org

Coverdesign:
Einzigartig Buchdesign, Sandra Maier,
www.einzigartig-Buchdesign.de

1

Ivy

Konzentriert biss ich mir auf die Unterlippe. Mit ganzer Präzision träufelte ich die zerlaufene Butter auf das rote Fleisch des Hummers und streute meine Spezialgewürze über das Gericht. Frisch gefangener Hummer in einem Baguettebrötchen, durch Butter geschwenkt und mit Mayonnaise bestrichen. Es war perfekt.

»Hier, Gerry, lass es dir schmecken.« Ich stellte mich auf die Zehenspitzen und reichte das schmale Tablett aus meinem Foodtruck hinunter auf die Straße. Mittlerweile hatte sich eine kleine Schlange vor meinem Truck gebildet. Es war Mittagszeit in Manhattan und somit Rushhour auf der 5th Avenue. Wobei man das so genau nicht sagen konnte, denn New York stand niemals still. Und ich liebte das. Dieses Pulsieren, das Leben und sogar die geschäftige Atmosphäre, die vor allem in diesem Teil der Stadt herrschte.

»Danke dir, Ivy, ich habe mich schon den ganzen Tag auf dein Essen gefreut.«

Ich zwinkerte dem Investmentbanker zu, der mich jeden Mittag besuchte, wie viele seiner Kollegen und Menschen, die in den umliegenden Towern arbeiteten. Ich liebte es nicht nur, herausragendes Essen zuzubereiten, das die Menschen überraschte, ich wollte auch jedem meiner Besucher ein willkommenes Gefühl geben. Das hier war genau mein Ding. »Das will ich schwer hoffen. Und liebe Grüße an deine Frau.«

»Werde ich ausrichten! Bis morgen, Ivy!«

»Bye, Gerry!« Ich wischte mir die Hände an meiner rotgepunkteten Schürze ab und wandte mich an den nächsten Gast, um seine Bestellung aufzunehmen. Als ich mich zu meinem Herd drehte, um das Essen zuzubereiten, spähte ich mit einem Auge auf die Uhr über der Tür. Zwölf Uhr dreizehn. Nur noch zwei Minuten. Es passierte jeden Tag um die gleiche Uhrzeit.

Ich versuchte wirklich, nicht nervös zu werden, was mir aber immer schwerer gelang. »Hier, bitte! Guten Appetit!«, sagte ich, als ich auch den nächsten Gast bediente, der bezahlte und mir einen ebenso schönen Tag wünschte. Ich sah auf und erkannte die breite Silhouette, die hinter der Drehtür aus Glas des gegenüberliegenden Gebäudes auftauchte wie ein Hai unter der Wasseroberfläche. Zwölf Uhr vierzehn.

Erneut wischte ich mir die nassen Finger ab und kümmerte mich um den nächsten Besteller, obwohl ich genau wusste, dass er es war, der sich seinen Platz um zwölf Uhr fünfzehn an meinem Wagen nicht streitig machen lassen würde. Maxwell

Holmes. Allein sein Name umgab eine Aura von Macht, als hätte er ihn sich extra gegeben. Um den armen Kerl vor dem Wagen vor einer Zurechtweisung zu retten, machte ich extra schnell. Ein Schatten legte sich über meine Hände, als ich gerade das Wechselgeld aus der antiken Kasse kramte.

Langsam sah ich auf und traf den Blick sturmgrauer Augen unter dichten, dunklen Brauen, die ich nur zusammengezogen kannte. Max Holmes war für vieles in New York bekannt, aber garantiert nicht für sein Lächeln. Wobei ich mir sicher war, dass dieses mit seinen vollen Lippen nur wunderschön sein konnte. Ich hoffte für ihn, dass es mindestens einen Menschen in seinem Leben gab, der es kannte.

»Alles klar, Max?«, fragte ich betont locker und sein Blick wurde noch ein wenig skeptischer. Sein maßgeschneiderter Anzug spannte über seinen breiten Schultern und seine Haltung war abweisend. Er war überall so bekannt, dass sich keiner der anderen Gäste, die brav in der Schlange warteten, darüber beschwerten, dass er sich vordrängelte. Soweit ich wusste, verließ er sein Büro im zwanzigsten Stock seines Firmengebäudes Holmes International nur aus geschäftlichen Gründen. Außer einmal am Tag. Um genau zwölf Uhr fünfzehn.

»Ein Ivys Hummer Dinner. Ohne Mayonnaise.« Seine Stimme war tief und ein wenig rau und bei jedem anderen klang der Name des Hauptmenüs auf meiner Karte ein wenig albern, nur nicht bei ihm. Jeden Mittag spielten wir dieses Spiel, obwohl ich genau wusste, was er nahm, denn er aß jeden Tag das Gleiche.

»Die Mayonnaise ist das Beste, willst du es dir nicht noch mal überlegen?« Der eiskalte Blick aus seinen sturmgrauen Augen reichte mir als Antwort. Nein. »Na gut, kommt sofort!« Ich machte mich an die Zubereitung. »Und, was gibt es Neues im Elfenbeintower?«, stellte ich wie jeden Mittag die gleiche Frage, die er wie jeden Mittag gleich beantwortete. Mit einem dunklen, abweisenden Brummen, das mir in alle Glieder fuhr. »Wie lange kommst du mich jetzt schon besuchen, Maxie?«, zog ich ihn auf und erntete einen weiteren missbilligenden Blick. Irgendwie mochte ich es, ihn aus der Reserve zu locken. Ich konnte mir nicht vorstellen, dass dies viele bei ihm wagten, aber was sollte er mir schon tun? Vielleicht mich über sein Knie legen. Ich verdrängte das kribbelnde Gefühl, das sich unpassenderweise in mir aufbaute. »Seit einem Jahr, oder? Hey, wir haben bald Jahrestag!«, plapperte ich weiter, um die Stille zwischen uns zu füllen. Ich hasste Stille, das hatte ich schon immer. In dem Haus meiner Kindheit war es zu jeder Zeit still gewesen. Sogar Musik hatte mein Vater mir verboten.

Mit einer sonnengelben Zange fischte ich den zerpflückten Hummer aus dem Behälter, um ihn auf dem Brötchen zu verteilen und es in Wachspapier zu wickeln. Mit meinem breitesten Lächeln hielt ich Max sein Essen entgegen. Natürlich hatte ich Mayonnaise auf die Seiten geschmiert, schmeckte es doch so viel besser. Als er es mir abnahm, berührten sich unsere Fingerspitzen für einen Hauch und mein Atem setzte einen Moment aus. Auch das passierte jeden Tag und jedes Mal fühlte sich diese winzige Berührung an wie ein Feuerwerk. Es war, als würde sein Blick noch dunkler, noch eindringlicher und noch intensiver werden. Doch nur für einen winzigen Augenblick. Dann übergab er mir das Geld inklusive einem großzügigen Trinkgeld, drehte sich ohne ein weiteres Wort um und verschwand erneut in dem Gebäude aus verspiegeltem Glas, das sich imposant in Richtung Himmel reckte.

Erst dann wandte ich mich an den nächsten Gast, schenkte ihm ein Lächeln und verbrachte meinen Tag so, als würde ich nicht daran denken, dass er morgen wiederkommen würde. Um zwölf Uhr fünfzehn.

2

Max

Ich trat näher an die raumhohen Scheiben meines Büros und sah hinunter auf den lächerlichen Hummer, der mit knallroter Farbe auf das Dach des Foodtrucks gesprüht war. Nicht nur der Hummer war lächerlich. Die Namen der Gerichte waren es ebenso wie das aufgesetzte Lächeln der Inhaberin. Und trotzdem ging es mir nicht mehr aus dem Kopf.

Ich war ein Mann, der rational handelte und sich nicht Hals über Kopf in Emotionen stürzte. Ich war ein Problemlöser und wälzte Lösungen so lange, bis sie sich richtig anfühlten. Eine falsche Entscheidung in meinem Job als CEO einer der erfolgreichsten IT- und Investmentfirmen im ganzen Land und ich konnte Millionen hartverdienter Dollar verlieren. Geld, das Hunderte von Arbeitsstellen kosten konnte, Menschenleben, Schicksale. Und ich beschäftigte mich mit einem verdammten Gefühl, das ich in der Nähe einer Frau hatte, die ich im Grunde furchtbar fand. Ihr gesamtes Auftreten, diese immer fröhliche Maske, die sie jedem verkaufen wollte, all das nahm ich ihr keine Sekunde ab. Und doch war sie die einzige Person, außer meinem kleinen Bruder, die mir Paroli bot. Es war zum Verrücktwerden.

Ich schob den letzten Bissen des Brötchens in meinen Mund und warf das Papier, in das dieses eingewickelt gewesen war, in meinen Mülleimer neben meinem Schreibtisch. Das Essen war gut, ziemlich sogar, und das sollte mir als Grund genügen, zehn Minuten meines Tages dafür zu opfern. Außerdem mochte ich ohnehin Regeln und Beständigkeit. Ich redete mir ein, dass ich nur aus diesem Grund jeden Mittag das Essen selbst an ihrem Truck holte. Sich die Beine zu vertreten, wenn man mindestens zwölf Stunden am Tag die meiste Zeit hinter einem Schreibtisch saß, war auch nicht unbedingt verkehrt.

Ich stand jeden Morgen um 4:30 Uhr auf, machte bis um 5:30 Uhr Sport in dem Fitnessstudio meines Wohnhauses, ging bis um 6:30 Uhr eine Runde joggen, danach duschen und fuhr um exakt 7:15 Uhr ins Büro. Sicher, ich war ein Kontrollfreak, aber nur diese Eigenschaft hatte mich so weit gebracht. Während mein Bruder auf irgendeinem Acker Blumen pflanzte und behauptete, glücklich in einem baufälligen Haus am Ende von Richmond zu wohnen.

Das Telefon auf meinem gläsernen Schreibtisch klingelte und ich lief hinüber, um dranzugehen. »Mister Holmes, Ihr Termin ist da.«

»Ich komme.« Ich legte auf, knöpfte mein Jackett zu und schnappte mir die Mappe mit den Unterlagen, die ich brauchte. Meine Gedanken sollten sich nun voll auf den anstehenden Termin mit einer kleinen, vielversprechenden IT-Firma konzentrieren. Drei Jungs hatten diese vor einigen Jahren während ihrer Collegezeit aufgebaut und interessante Ansätze, was einige Apps anging. Sie erinnerten mich an meine ersten Anfänge, die genauso begonnen hatten. Trotz dieser lästigen sentimentalen Erinnerung mussten sie mir ziemlich gute Gründe liefern, weshalb ich in sie investieren sollte. Ich machte keine halben Sachen. Niemals.

Mein Blick fiel auf den Mülleimer und das krebsrote Papier darin. Vielleicht sollte ich diesem Problem doch auf den Grund gehen, um diese rehbraunen Augen und rot geschminkten, lächelnden Lippen endlich aus dem Kopf zu bekommen.

3

Ivy

»Verdammter Mist!« Vor Wut trat ich gegen den Reifen meines Trucks. Der dunkle Rauch stieg trotzdem weiter aus der geöffneten Motorhaube Richtung Himmel. Ganz große Klasse. Also hatte das Stottern, das Betsy die letzten Wochen hin und wieder gezeigt hatte, doch etwas zu bedeuten gehabt. Hätte ich mal nicht auf Antoines gehört, der sagte, es wäre alles okay. Er war eben ein Pizzabäcker. Zwar der beste der Welt, aber eben kein Mechaniker. Genauso wenig wie ich.

Die Menschen auf dem Bürgersteig strömten an mir vorbei in Richtung Feierabend. Niemand nahm Notiz von mir, daran musste man sich in einer Millionenstadt wie New York ebenfalls gewöhnen. Ich zog mein Handy aus der Tasche, der Akku zeigte noch ganze zwei Prozent. Schnell wählte ich die Nummer meiner besten Freundin und Mitbewohnerin Marlow. Wenn ich Glück hatte, war sie gerade auf dem Heimweg und saß nicht bei einem Casting für diese neue Broadway Rolle, auf die sie sich schon seit Monaten vorbereitete. »Ivy, was ist …« Verbindung unterbrochen.

»Fuck!« Gut, dann sammelte ich eben das Geld von heute ein und ließ Betsy hier stehen. Auch wenn ich sehr wahrscheinlich im besten Fall nur einen Strafzettel hatte. Im schlimmsten wurde sie abgeschleppt, weil am Straßenrand kein Dauerparkplatz war. Ich hatte schon mehr als einmal Probleme mit der Polizei deswegen gehabt. Vielleicht sollte ich selbst einen Abschleppwagen rufen, aber wenn ich ehrlich war, hätte ich das Geld dafür lieber für einen neuen Truck gespart. Irgendwie war mir klar gewesen, dass Betsy sich bald verabschieden würde. Wenigstens funktionierte die Kühlung noch und das Essen war morgen nicht verdorben.

»Alles in Ordnung?« Eine tiefe Stimme ließ mich zusammenzucken. Langsam drehte ich mich um. Max stand vor mir und sah aus wie immer. Unnahbar. Unfassbar heiß. Unter seinem Arm klemmte eine edle schwarze Mappe, an seinem Handgelenk trug er eine teuer aussehende Uhr. Kein Schnickschnack. Kein Ring. Nicht, dass mir das nicht schon früher aufgefallen wäre.

»Ja, ähm … ich denke schon«, stotterte ich. »Aber danke.«

Seine Brauen zogen sich zusammen, als würde er mir meine Lüge nicht abnehmen. »Sind Sie sicher?«

Ich atmete stoßweise aus und ließ die Arme hängen. »Ehrlich gesagt nicht. Betsy hat irgendetwas mit dem Motor.«

»Betsy?« Wenn die Situation nicht so verdammt nervig gewesen wäre, hätte ich aufgrund seines ungläubigen Gesichtsausdruckes laut losgelacht.

»Mein Truck.« Ich deutete mit dem Daumen hinter mich. »Er qualmt.«

Er sah an mir vorbei und seine Kiefer mahlten, als wälzte er ein Problem, das nur er lösen konnte. Ich mochte Männer, die handelten und nicht nur quatschten. Er ging an mir vorbei und zeigte deutlich, dass er genau so ein Macher war. Ich folgte ihm.

»Halten Sie«, wies er mich an und übergab mir die Mappe. Ich klammerte mich an dem glatten, kühlen Leder fest, als wäre es mein Rettungsanker. Langsam zog er sich das Jackett aus und übergab mir auch dieses. Ich fühlte mich wie ein nutzloser Kleiderständer mitten auf dem Bürgersteig der 5th Avenue. Als er seine weißen Hemdärmel nach oben krempelte, erkannte ich muskulöse, sehnige Unterarme und wandte meinen Blick ab. Irgendwie fühlte sich dieser Moment viel zu intim an, obwohl er das nicht sollte. Er lehnte sich tatsächlich über die Motorhaube, als wäre er kein millionenschwerer CEO, sondern ein ganz normaler Mann, der gerade ein Problem mit seinen eigenen Händen löste. Alle Härchen auf meinem Körper stellten sich auf.

»Versau dir nicht deinen Maßanzug«, scherzte ich, aber er gab nur ein missbilligendes Knurren von sich. Ich drückte das Jackett enger gegen meine Brust und der Duft von Aftershave und frischer Wäsche drang an meine Nase. Oh. Mein. Gott. Roch dieser Mann gut.

Er machte irgendetwas, drückte irgendwelche Schläuche und drehte an Hebeln, ehe er sich zurücklehnte. Tatsächlich waren seine Hände über und über mit Öl beschmiert und ein Teil seines Hemdes hatte ebenfalls etwas abbekommen. »O nein, einen Moment!«, sagte ich und stürmte auf die Rückseite meines Trucks. Ich warf das Jackett über meine Schulter, klemmte die Mappe fester unter meinen Arm und schloss die Tür mit zittrigen Fingern auf, ehe ich hineinstürmte und einen Packen feuchter Einmalhandtücher aus einem Schrank nahm. Als ich mich umdrehte, zuckte ich ein weiteres Mal zusammen, denn er war mir gefolgt. Breit und unnachgiebig stand er im Türrahmen und ich schluckte, ehe ich auf ihn zuging und ihm die Tücher entgegenstreckte. Er nahm sie und säuberte sein Hemd.

»Deine Hände kannst du dir hier am Waschbecken waschen«, sagte ich und deutete in die Ecke neben ihm. Er nickte dankend und das Wasser rauschte über seine perfekten Finger.

»Und, was ist es?«

»Zylinderkopfdichtung. Das hätte sich schon längst ein Fachmann ansehen müssen, besteht bestimmt nicht erst seit heute«, sagte er in mahnendem Tonfall, als spräche er zu einem Kleinkind. Dieser Mann war nicht nur verboten heiß, er war auch überheblich.

»Ach tatsächlich? Ich dachte, es reicht, wenn arrogante Anzugträger vorbeikommen und den Schaden kostenlos beheben.« Ich verschränkte die Arme vor der Brust und er funkelte mich an. Die Stimmung zwischen uns heizte sich auf. Ich ließ meinen Frust auf diese verdammte Situation an ihm raus und das war falsch. Tief seufzte ich und warf die Arme in die Luft. »Es tut mir leid.«

»Das sollte es.« Hatte ich mich gerade verhört? Er trocknete sich die Hände ab und ging einen Schritt auf mich zu. In meinem Truck war nicht gerade viel Platz und noch dazu war er ein Riese, der sich kaum drehen konnte. Und trotzdem fühlte ich mich nicht von ihm bedroht. Ich war angeturnt. »Sie sollten nicht so unhöflich mit anderen Menschen sprechen.«

»Und wenn ich nur mit dir so spreche, weil ich merke, dass du insgeheim einen Dämpfer brauchst und dich für den Nabel der Welt hältst?«

»Weil ich das bin.« War das ein Scherz? Er verzog keine Miene, stattdessen wurde das Funkeln seiner grauen Augen noch ein wenig eindringlicher, als ich einen Schritt auf ihn zuging.

»Machst du Witze?«

»Niemals.«

»Du musst ein trauriges Leben haben.« Der Wind stieß die Tür zu und der Knall verhallte im Innern. Die Luke hatte ich bereits geschlossen, um nach Hause zu fahren, wäre mir nicht dieser verdammte Zylinderwasauchimmer dazwischengekommen. Und jetzt fühlte ich mich wie mit einem wilden Tier in einem Raum eingeschlossen, der nicht größer als ein Fahrstuhl war. »Tanzen alle nach deiner Pfeife?«, fragte ich herausfordernd und er kam so nahe, dass ich den Kopf in den Nacken legen musste.

»Alle ...« Er zögerte, doch plötzlich glitt seine Hand in meine Haare, die er darin zur Faust schloss. Mit dem perfekten Grad an Grobheit zog er sie nach hinten, sodass ich ihm nicht entkommen konnte. »Alle außer du.«

Seine Lippen senkten sich plötzlich auf meine und ich war überrascht über den Hunger, den er mir übermittelte. Doch ich tat es ihm gleich. Ich legte all die Frustration und aufgestaute Lust der letzten Monate in diesen Kuss und zahlte es ihm zurück. Ich keuchte zwischen seinen leidenschaftlichen Küssen und meine Hand fand sein Hemd, krallte sich hinein und zog ihn noch enger an mich. Er hob mich hoch, drehte mich herum und setzte mich auf der Arbeitsplatte ab, während seine Finger auf Wanderschaft gingen. Eindringlich fuhr er den Kragen meiner Bluse hinunter bis zu meinen nackten Oberschenkeln. Mein gepunkteter Rock war ein Stück nach oben gerutscht und er stellte sich zwischen meine leicht geöffneten Beine.

Ich stöhnte, als seine Finger rau, fest und perfekt meine Innenschenkel nach oben fuhren und die Seide meines Höschens trafen. Ein Knurren kam über seine Lippen, das mich nicht stärker hatte anmachen können. Gott, ich machte im hinteren Teil meines Foodtrucks mit einem Mann rum, der mich völlig um den Verstand brachte und den ich seit einem Jahr jeden Tag für nur fünf Minuten sah.

Er fuhr weiter zu meinem Po und zog mich mit einem Ruck gegen sich. Sein Schwanz drückte deutlich durch den dünnen Stoff seiner Anzughose und meines Slips. »Du bist furchtbar«, keuchte er, bevor er meinen Kopf an den Haaren zur Seite zog und meinen Hals mit Küssen bedeckte. So eine Leidenschaft hätte ich seinem kalten Auftreten überhaupt nicht zugetraut, aber das, was er machte, fühlte sich fantastisch an. Rau, hart und zugleich so heiß.

»Nicht so sehr wie du, Mister Großkotz, der niemals ein Lächeln oder ein Bitte für jemand anderen übrig hat.«

»Dein vorlautes Mundwerk …« Er biss leicht in meine Haut und ich schrie auf, griff an seinen Gürtel und öffnete ihn mit zittrigen Händen. Erneut fanden seine Finger zu meiner Mitte, rieben meinen Kitzler über den Stoff, ehe sie darunter tauchten und mich mit festem Druck massierten. Ich stützte mich hinter mir auf, legte die Handflächen auf den kalten Edelstahl meiner Küche und genoss das Gefühl, das Max mir schenkte. Mit seiner freien Hand öffnete er seine Hose und fuhr einige Male seine Länge nach. Allein der Anblick seines angestrengten Gesichts, während er sich selbst berührte und jede Regung meines Ausdruckes in sich aufnahm, brachte mich fast zum Kommen. Seine Finger fuhren durch meine Schamlippen, verteilten meine Erregung und umkreisten erneut meinen Kitzler.

»Nimm mich, Max«, hauchte ich atemlos.

»Ich habe kein Kondom.« Ich vernahm das pure Bedauern aus seinen Worten und auch in mir zog sich alles zusammen.

»Ich nehme die Pille«, keuchte ich jenseits von rationalem Denken. Langsam schüttelte er den Kopf, als würde er diese Grenze nicht überschreiten. Obwohl ich es ebenso bedauerte, nicht mit ihm schlafen zu können, rührte mich seine Vorsicht. Denn auch meine Art war es eigentlich überhaupt nicht, mich jemandem an den Hals zu werfen, den ich kaum kannte. Bisher hatte ich nur zwei langjährige Beziehungen und selbst in diesen war ich nicht bereit gewesen, mich vollständig fallen zu lassen und vertrauen zu können. Also was hatte Max an sich, dass ich nach nur einigen Küssen von ihm alle meine Prinzipien über Bord warf? Ich hatte keine Ahnung. Aber zumindest sein Verantwortungsbewusstsein ehrte ihn. Also drückte ich ihn ein Stück nach hinten und glitt auf den Boden. Als ich zu ihm aufsah, brachte mich sein Blick vollends um den Verstand.

Langsam nahm ich seinen Schwanz in die Hand und führte ihn zu meinem Mund. Er stöhnte rau und dunkel, als ich ihn so tief wie möglich aufnahm. »Fuck«, keuchte er und stützte sich an der Arbeitsplatte ab, während ich ihm den besten Blowjob seines Lebens verpasste. Seine Oberschenkel spannten sich an und ich saugte noch stärker an ihm. Machte ihn genauso verrückt, wie ich in diesem Moment nach ihm war. Doch bevor er kommen konnte, zog er mich hoch und setzte mich mit Leichtigkeit zurück auf die Edelstahlplatte. Morgen müsste ich alles hier so was von desinfizieren, aber das war es mir wert.

Er schob mir den Rock hoch, als könnte er nicht abwarten, erneut an mein Höschen zu kommen. Als er sich nach unten beugte, und eine Spur von Küssen meinen Oberschenkel bis zu meiner Mitte verteilte, erklang ein lautes Klopfen durch den gesamten Innenraum.

»Hallo? Ivy? Alles okay?«

Max stellte sich aufrecht vor mich, zog gentlemanlike meinen Rock wieder nach unten und schloss sich selbst die Hose, während ich versuchte, zu Sinnen zu kommen.

»Ja, ähm … Moment bitte!« Ich sprang von der Arbeitsplatte und begegnete Max' Blick. Zurück war die harte Maske ohne Gefühl, die er sonst zur Schau trug. Zurück der Mann, der niemals lächelte. Er fuhr sich durch die Haare, richtete sein Hemd und schnappte sich sein Jackett, das am Eingang hing.

Er sah noch einmal zu mir zurück und für einen winzigen Moment konnte ich Bedauern erkennen. Oder hatte ich mir das nur eingebildet? Ich war völlig durcheinander und mein Herz wummerte heftig gegen meinen Brustkorb. »Du solltest den Truck morgen gleich in eine Werkstatt bringen.«

Er öffnete die Tür und stürmte nach draußen. Gerry steckte den Kopf durch den Spalt. »Ist alles in Ordnung? Du stehst doch sonst nicht so spät hier draußen.« Er deutete hinter sich in die Richtung, in die Max so schnell verschwunden war, als könnte er es nicht abwarten. »Was war …«

Schnell schüttelte ich den Kopf, um die Bilder der vergangenen Minuten herauszubekommen. »Mr Holmes hat mir geholfen. Der Truck hat gequalmt und wir haben hier drinnen nach dem Sicherungskasten gesucht. Nur damit die Kühlung weitergeht. Anscheinend die Zylinderkopfdichtung.« Ich sah mich nervös um, als würden überall hier Spuren von unserem leidenschaftlichen Moment kleben. Doch nichts. Ein Glück. Es war sowieso ein Fehler gewesen.

»Oh, okay.« Er wirkte verwirrt. »Soll ich dich heimfahren?«

»Nein, danke, ich nehm die Metro.« Ich schenkte ihm ein aufgesetztes Lächeln, strich meinen Rock glatt und spürte immer noch diese Hitze, die einfach nicht aus meinem Körper weichen wollte. Wie Max' Finger sich an meiner Haut angefühlt hatten, sein Atem in meinem Ohr und seine Küsse auf meinen Lippen … Schauer rieselten durch mich hindurch.

Nachdem ich einen Zettel an der Scheibe angebracht und den Truck abgeschlossen hatte, sah ich mich noch einmal um. Als mein Blick den Holmes Tower nach oben glitt, leuchtete nur in einem einzigen Büro noch Licht. Im zwanzigsten Stock.

4

Ivy

In einem gigantischen Inferno ging die Pfanne in Feuer auf. Ich schüttelte am Griff und verteilte das Öl und den Rosmarin darin, hob sie an und die Flammen löschten sich von selbst. Dunst hing in der winzigen Küche unserer Wohnung in Brooklyn und wie in wahnsinniger Raserei kochte ich seit zwei Stunden ein Vier-Gänge-Menü für zwei Personen.

»Was ist denn hier los?« Meine beste Freundin und Mitbewohnerin Marlow stand am Eingang zur Küche. Sie trug ihr Tanzoutfit und hatte noch ihren Schlüssel in der Hand. Ihre rot-braunen Locken trug sie in einem wilden Messy Bun und ihre Wangen waren gerötet. »Die ganze Bude riecht nach dem *Jacques*.« Ein Vier-Sterne-Restaurant, bei dem wir uns noch nicht mal ein Glas Wein leisten konnten. »Nicht dass ich mich beschwere, ich hab Hunger wie ein Bär.« Sie kam zu mir und schaute mir über die Schulter. Ich ließ das Filet in seinem Sud köcheln, ehe ich es in Alufolie packen musste und für zwanzig Minuten zu achtzig Grad in unseren klapprigen Ofen gab.

»Mir war heute nach einem richtig guten Essen.« Ich drehte mich zu ihr um und sah ihr dabei zu, wie sie genervt den Schlüssel auf den Küchentisch warf und sich selbst auf einen der beiden Stühle fallen ließ. Unsere gesamte Einrichtung stammte aus einem Secondhandladen zwei Blocks weiter. Ich liebte die chaotische, gemütliche Atmosphäre unserer winzigen Wohnung, die wir uns hier geschaffen hatten. Sie hatte hundertmal mehr Gefühl und Flair als das Haus, in dem ich mit meinen Eltern gelebt hatte. Zumindest eine Zeit lang.

»Richtig gutes Essen hört sich fantastisch an.«

»War das Training heute so mies?«

»Meine Tanzlehrerin ist in wirklich Cruella de Vil. Nicht nur wegen der Augenbrauen.« Marlow trainierte für ein neues Broadwaystück, bei dem sie sich um die Rolle als Hauptdarstellerin bewarb. Sie sang wie eine Disney Prinzessin, aber das Tanzen lag ihr nicht gerade im Blut. Aus dem Grund arbeitete sie härter als jeder sonst, den ich kannte. Ich schenkte ihr ein amüsiertes Grinsen und packte das Filet in den Ofen, ehe ich zwei Weingläser aus dem Schrank nahm und eine Flasche Wein öffnete. Der Korken verabschiedete sich mit einem Plopp und ich schmiss ihn wie ein Profi-Basketballer in den Mülleimer hinter mir.

»Drei-Punkte-Wurf für Ivy Jordan Wescott!«, rief Low und hob die Arme.

»Hier.« Nachdem ich den Rotwein in die Gläser gefüllt hatte, schob ich ihr eines zu. »Können wir heute beide gebrauchen.«

»Also, was ist mit dir los?« Mit einem tiefen Seufzen nahm ich neben ihr Platz und trank einen gewaltigen Schluck des Weines. Das hatte nichts mit genussvollem Trinken zu tun, ich wollte einfach nur den Rausch. Damit ich schnellstmöglich vergaß, wie sich Max' Küsse angefühlt hatten.

»Ich hoffe, du hast eine gute Grabrede vorbereitet, Betsy hat sich verabschiedet.«

»O nein, Ivy! Was ist passiert?«

»Viel Rauch und angeblich die Zylinderkopfdichtung.«

»Das tut mir so leid! Ich weiß, wie sehr du für deinen Traum sparst. Und jetzt? Musst du einen neuen Truck kaufen?«

Ich zuckte mit den Schultern und spielte mit dem Stiel des Weinglases. »Ich hab ja immer noch einige Raten von Betsy offen. Ich kann mir keinen neuen Truck leisten, aber wenn ich keinen kaufe, kann ich kein Geld verdienen oder muss doch irgendwo als Spülerin arbeiten.«

Low verzog das Gesicht. »Auf keinen Fall! Du verschwendest dein Talent nicht, indem du als Küchengehilfe irgendeinem arroganten Chefkoch zuarbeitest! Du wirst dein eigenes Restaurant haben, da bin ich ganz sicher.«

Ich seufzte und schenkte ihr ein halbes Lächeln. »Und du wirst diese Rolle kriegen, Low.«

Wir stießen unsere Gläser gegeneinander. »Weil wir es draufhaben!«

»Weil wir es draufhaben!«

Eine Zeit lang hingen wir in unseren Gedanken fest und nur das Ticken der Eieruhr beherrschte den Raum. Bis ich Ivys Stimme vernahm. »Wie kommst du eigentlich auf die Zylinderkopfdichtung? Bist du jetzt wie Antoines unter die Mechaniker gegangen?«

»Ich hatte Hilfe. Eine klitzekleine.«

»Von wem?« Sie verengte die blauen Augen zu Schlitzen. Verdammt. Wir kannten uns schon viel zu lange und ich konnte ihr einfach nichts vormachen.

»Irgendein Typ aus einem der Bürogebäude in der 5th.«

»Irgendein Typ?«

»Okay, es war Maxwell Holmes.« Diesmal vergrößerte sie ihre Augen auf Tennisballgröße. Einmal hatte sie mich mittags besucht und Max war mit seiner machohaften Art und dem Strahlen aus Arroganz und Hotness aufgetaucht. Low hatte das Spiel zwischen ihm und mir beobachtet und mich dann gefragt, wann wir endlich in der Kiste landen würden. Ich hatte das abgetan, denn ehrlich gesagt dachte ich nicht, dass außer ein paar heißen Blicken zwischen uns jemals irgendetwas passieren würde. Wir lebten in zwei völlig unterschiedlichen Welten, außerdem fand nicht nur er mich furchtbar, sondern ich ihn und sein Eisklotzverhalten ebenso.

»Er kennt sich mit Trucks aus?«

»Anscheinend.«

»Und so wie du schaust, kennt er sich noch mit ganz anderen Dingen aus! Was ist passiert? Erzähl mir alles!«

»Es ist irgendwie passiert«, flüsterte ich und konnte mein Grinsen nicht mehr zurückhalten.

»Was ist passiert?«, erwiderte sie im gleichen leisen Ton, als würden wir abgehört werden.

»Wir haben uns geküsst und dann irgendwie ein wenig miteinander rumgemacht.«

»Rumgemacht?« Sie quietsche. »Ich fass es nicht! Während ich mir zu dem schlimmsten Lied aus Chicago die Hacken blutig trainiere, machst du mit dem heißesten Typen im ganzen Land rum?«

Ich zog die Augenbrauen nach oben und zuckte mit den Schultern, als könnte ich es genauso wenig fassen. »Ich weiß.« Ich gab ein enttäuschtes Seufzen von mir. »Und dann wurden wir unterbrochen und er hat irgendwie kalte Füße gekriegt und ist geflüchtet.«

»Er kann dir bestimmt eine neue Betsy kaufen oder einen ganzen Fuhrpark!«

»Ich kann ihn doch nicht um Geld bitten, bist du wahnsinnig?«

»Wieso nicht, anscheinend steht er auf dich.«

»Ja, was nicht heißt, dass er mein Sugardaddy werden soll.«

»So alt ist er auch nicht!« Sie nahm ihr Handy und googelte seinen Namen. Ich versuchte, nicht zu neugierig zu sein, was mir ungefähr so gut gelang wie die Reparatur meines Trucks. »Wow, er ist ein

Gewinner der ›Forbes 30 under 30‹ und laut seinem Wikipedia Eintrag neunundzwanzig. Oh, er hat bald Geburtstag.«

»Er hat einen Wikipedia Eintrag?« Ich nahm ihr das Handy aus der Hand und scrollte durch Zeitungsartikel, Bilder auf Events und Einträgen von begeisterten Anhängern, ehe ich ihr das Telefon wieder zurückgab. Er spielte definitiv in einer völlig anderen Liga als ich.

»Sei's drum, ich werde ihn ganz bestimmt nicht um Geld bitten und diese Sache vergessen, denn so wie es aussieht, werden wir uns jetzt sowieso nicht mehr über die Füße laufen. Außer er isst in dem Restaurant zu Abend, in dem ich als Spülhilfe anheuern muss. Aber wahrscheinlich geht er ganz sicher nicht in solche Läden, in denen ich eine Stelle bekomme.«

»Süße, hör auf damit! Vielleicht ist die Reparatur von Betsy gar nicht so teuer und deine Ersparnisse reichen aus.« Großartig. Alles weg, was ich in den letzten zwei Jahren, seitdem ich Betsy hatte, angesammelt hatte? Das konnte doch nicht wahr sein.

»Ja, vielleicht«, erwiderte ich und zum Glück klingelte im gleichen Moment der Wecker und ich musste das Filet aus dem Ofen holen.

»Du erinnerst dich an Pete?« Ich nahm einen letzten Schluck und stand auf, um zumindest das Filet zu retten.

»Du meinst den Ich-habe-den-Broadway-im-Blut-Bitch-Pete?«

»Genau den.« Low musste lachen. »Ich liebe diesen Typen! Auf jeden Fall hat er mir letztens beim Training erzählt, er hat jetzt einen Job als Kellner in diesem sauteuren Laden in Hell's Kitchen. Natürlich nur so lange, bis er endlich seinen großen Durchbruch hat.«

»Klar.«

»Vielleicht brauchen die jemanden in der Küche?«

»Danke, wäre zumindest ein Ausweg, bis ich mir überlegt habe, was ich mit Betsy mache.«

»Oder den heißen Milliardär Schrägstrich deinen neuen Sugardaddy um den Finger gewickelt hast.«

»Ich bin mir sicher, dass er der einzige Mann ist, der sich nicht von irgendwem um den Finger wickeln lässt.« Vorsichtig öffnete ich das kleine Alufolienpäckchen und köstlicher Dampf stieg daraus hervor. Der Duft von Rosmarin erfüllte die Küche. »Wahrscheinlich kann man sich mit ihm nicht mal richtig unterhalten. Seine einzigen Reaktionen sind arrogante Blicke und ein Knurren. Was sagt uns das?«

»Das sagt mir: verdammt heiß!«

»Low!«, schimpfte ich gespielt böse und verkniff mir ein Lachen. Das waren tatsächlich zwei Begriffe, die ziemlich gut auf das Treffen in meinem Truck passten. Verdammt. Heiß.

5

Max

Ich war ein Mann, der Unvorhergesehenes hasste und sich jeden Tag an die gleichen Abläufe hielt. Jeden. Tag. Auch heute.

Mein Fahrer fuhr mich in die Tiefgarage und ich nahm den direkten Lift in den zwanzigsten Stock. Ich begrüßte meine Assistentin Lynn im Eingangsbereich und betrat mein Büro, stellte meinen Laptop an und checkte als Allererstes meine heutigen Termine. Ich zwang mich, keinen Blick auf die Straße zu werfen und zu überprüfen, ob der Truck immer noch wie ein Mahnmal meines gestrigen Ausrutschers am Straßenrand stand. Was war nur in mich gefahren? Wie jeder Mensch stand ich auf Sex, aber das mit einer Person, die ich nicht mochte?

Okay, im Grunde mochte ich nicht sehr viele Menschen, mich selbst eingeschlossen. Mein Bruder kam mir in den Sinn. Meine Assistentin Lynn, auch wenn ich nicht gerade viel über sie wusste, außer dass sie im letzten Jahr geheiratet und dafür einen dicken Scheck von mir erhalten hatte. Ende der Liste.

Also was hatte Ivy an sich, dass ich seit einem Jahr nur darüber nachdachte, wie sie sich unter mir anfühlen würde? Ich hatte gestern einen Vorgeschmack erhalten und wäre dieser Gerry nicht aufgetaucht, hätte ich sie ganz bestimmt bis zum Äußersten gebracht. In einem Foodtruck. Der nach frittiertem Essen stank und fast kleiner war als der Innenraum einer Limousine.

»Fuck«, fluchte ich leise und stand auf. Ich drückte meine Handflächen gegen das kalte Glas und meine Augen suchten die Straße ab. Erleichtert atmete ich auf. Der Truck stand noch da und war nicht abgeschleppt worden. Hätte ich meine Kontakte zur Polizei spielen lassen sollen, um zu verhindern, dass Ivy Probleme bekam? Nein, ich sollte mich nicht in diese Sache einmischen. Irgendwie hatte ich im Gefühl, dass ich der Letzte war, von dem sie sich helfen lassen wollte. Allein schon, wie sie ständig zum Ausdruck brachte, für wie großkotzig sie mich hielt. Die Tür des Foodtrucks ging auf und Ivy trat heraus. Ein winziges Lächeln schlich sich auf meine Lippen, das ich sofort wieder unterdrückte. Sie trug heute Jeans und ein sonnengelbes Shirt. Ihre braunen Wellen hatte sie mit einem dicken Pferdeschwanz gebändigt und sie strich sich Schweiß von der Stirn. Erst jetzt fiel mir auf, wie sie Essen aus dem Innern nach draußen schaffte und in einer Art Kühltruhe verstaute. Mir juckte es in den Fingern, ihr zu helfen, doch was sollte ich sagen?

Soll ich dir helfen, damit du endlich von meiner Straßenseite und aus meinen Gedanken verschwindest? Ach ja, und danke für gestern und die Erinnerungen, die ich die gesamte Nacht nicht mehr aus dem Kopf bekommen habe. Was wäre passiert, wenn ich ein Kondom dabei gehabt hätte?

Endlich wandte ich mich vom Fenster ab. Sie war nicht mein Problem. Mein Problem war es, mein Unternehmen am Laufen zu halten. Mein Problem war es, meinen Bruder von den verdammten Drogen fernzuhalten. Mein Problem war keine wunderschöne Foodtruckbesitzerin mit einem viel zu losen Mundwerk.

Ich unterdrückte das nervöse Flattern, das sich in meinem Innern aufbaute, und widmete mich endlich meiner Arbeit.

6

Ivy

»Tisch drei!« Einer der Köche knallte mir drei Teller vor die Nase. Ich konnte mich nicht wirklich erinnern, aber ich glaubte, er hieß Adam. Ein hübscher Latino mit fiesem Blick und dunklen Augenbrauen. Aber eigentlich war es auch egal, denn hier sprach sich niemand mit Namen an. Das war genau der Ort, an dem ich niemals hatte enden wollen. Eine kalte Vier-Sterne-Küche mit gestressten Köchen, die sich selbst für die Größten hielten und alle Kellner als ihre Untergebenen sahen. Ich sollte auf dieser Seite stehen und ihnen zeigen, dass man auch anders zusammenarbeiten konnte.

Phil schnippte vor meinem Gesicht herum. »Bist du taub? Tisch drei!«, rief er und wandte sich wieder dem Herd hinter sich zu.

»Mach dir nichts draus, er ist ein Idiot und hat nichts zu bieten, außer seinen heißen Arsch.« Ich schenkte Pete ein vorsichtiges Lächeln. Er nahm sich einen von meinen Tellern und nickte zur Tür, die in den Gastraum führte. »Komm, ich zeige dir Tisch drei.«

»Danke. Das ist wirklich nett von dir.«

»Ich kann verstehen, wie du dich fühlst«, sagte er und stieß die Schwingtür mit seinem Rücken auf. »Wir gehören beide nicht hierher, es ist nur eine Station, um unsere Miete zu bezahlen«, flüsterte er. Hier im Gastraum war die Beleuchtung gedimmt und nicht so grell und kalt wie in der Küche. Die Leute unterhielten sich leise, Kerzen flackerten in goldenen Kerzenhaltern auf strahlend weißen Tischdecken. Die Atmosphäre war chic und überheblich. Ich vermisste Betsy, den Geruch von gedünstetem Hummer und meine wunderbaren Gäste. Bis auf einen. Zumindest redete ich mir das ein.

»Et voilà, die Herrschaften, lassen Sie es sich schmecken«, sagte Pete und stellte den Teller vor die Nase einer älteren Dame, die wie ein Weihnachtsbaum mit goldenem Schmuck behangen war. Innerlich musste ich grinsen, als Pete seinen falschen französischen Akzent aufsetzte und seine Rolle spielte. Er war wirklich der geborenen Schauspieler.

Ich stellte vorsichtig die beiden Teller mit Cremesuppe vor die anderen Gäste. Zwei Herren, ungefähr im Alter der Frau am Tisch.

»Guten Appetit«, sagte auch ich und lief mit Pete zurück in Richtung Küche. Der Restaurantmanager stand wie ein Türsteher am Rand des Raumes und sah sich die ganze Szenerie wie ein Adler an. Kein Fleck durfte auf die weißen Tischdecken kommen. Am ersten Tag vor einer Woche hatte ich einen Wein verschüttet und wäre fast gefeuert worden.

»Kein Blickkontakt«, zischte Pete und sofort wandte ich die Augen ab. »Er hasst es, wenn wir starren. Los, los, flieg wie ein Vögelchen!« Pete schubste mich in die Küche. Schwüle Hitze und gehetzte Rufe drangen mir entgegen. Es fühlte sich an wie zwei verschiedene Welten. Beide nicht meine.

»Tisch eins!«

Ich schenkte Adam mein hübschestes Grinsen und er verdrehte nur die Augen und wandte sich ab. »Mach ich sofort.«

Ich schnappte mir die beiden Teller, zwinkerte Pete zu, der mit einem der Spüler sprach, und folgte dem Weg nach draußen. So langsam hatte ich die Tischnummerierung ganz gut drauf. Zumindest bei Tisch eins wusste ich, wo sich dieser befand. Was nicht schwer war, weil er der größte, protzigste Tisch in einem abgesonderten Bereich im ersten Stockwerk war. Ich balancierte die Teller aus und stieg die steilen Stufen nach oben. Ein roter Teppich dämpfte meine Schritte in den schwarzen Lederschuhen, die wir tragen mussten. Einheitskleidung. Weiß und schwarz. Langweilig.

Mein Blick verharrte auf der Suppe, die in einem der Teller bedrohlich nach links schwappte. Verdammt, hoffentlich kontrollierte mich der Manager nicht.

»Bitte, lassen Sie es sich schmecken!« Ich stellte einen Teller vor eine hübsche Blondine in einem sündhaften schwarzen Kleid. Als ich nach oben sah und auch den zweiten abstellen wollte, setzte mein

Herz einen Schlag aus. Das konnte nicht sein.

»Wollen Sie die Suppe halten, bis sie kalt ist, oder werde ich hier auch bedient?« Unverschämt. Großkotzig. Und in seinem perfekt sitzenden schwarzen Hemd so sexy. Verflucht sei Max Holmes! Verflucht sei das Schicksal, sich in einer Großstadt wie dieser mehrmals über den Weg zu laufen! Und dann noch in so einer Situation!

In meinen Gedanken trug ich ein ähnlich scharfes Kleid wie die Blondine und schenkte Max Holmes nicht einen Blick, bis er sich nach mir verzehrte. Und in der Realität? Sprechen wir lieber nicht drüber …

»Selbstverständlich«, murmelte ich und stellte den Teller ab. Dabei kam ich Max und seinem unwiderstehlichen Duft deutlich zu nah. Ich schenkte der Blondine ein falsches Lächeln, nickte und beeilte mich, hier wegzukommen. Fast wäre ich auf der Treppe gestolpert, aber ich konnte mich gerade noch fangen. Es sah nicht so aus, als hätte Max viel an unseren Kuss an diesem verdammten Abend gedacht. Natürlich nicht, wenn man die Möglichkeit hatte, eine so scharfe Frau wie seine Begleitung zu daten. Sie würden verdammt perfekte Kinder zeugen und in einer verdammt perfekten Villa leben.

»Shit«, fluchte ich, als ich in der Küche angekommen war und mir die Finger an einer Sauciere verbrannte, die ich heraustragen wollte. Pete packte meine Schultern und sah mir tief in die Augen.

»Alles okay?«

»Um genau zu sein, nein. An Tisch eins sitzt ein Typ, der nach einem Kuss einfach abgehauen ist und jetzt mit einer perfekten Blondine ein Date hat.«

»Autsch. Ich übernehme den Tisch.«

Ich atmete erleichtert aus. »Danke.« Jetzt durfte ich Max nur nicht noch ein weiteres Mal über den Weg laufen, aber das sollte nicht schwer sein, wenn er mit seiner Begleitung in der abgetrennten Sitzecke blieb und ich mich in der Küche versteckte wie ein Feigling. »Danke, Pete. Du bist ein Schatz.«

»Ich weiß.« Er zuckte gleichgültig mit den Schultern. »Verlieb dich nicht in mich, ich bin schon an John Legend vergeben.«

»Hat er nicht Frau und Kinder?«

Pete seufzte. »Nur aus diesem Grunde sind wir nicht zusammen. Ich will doch kein Ehezerstörer sein. Und du geh dich fünf Minuten ausruhen. Ich verpetze dich nicht beim Chef.«

»Ich kann nicht oft genug Danke sagen.«

»Verschwinde«, flüsterte er und ich trat raus in den Flur, der zu den Toiletten und den Mitarbeiterräumen führte. Natürlich stand er da. Eine Hand in der Hosentasche und mit der anderen drückte er sich ein Handy ans Ohr. Sein Blick flog zu mir und mir fiel es wieder einmal schwer, zu atmen. Was hatte er nur an sich, dass ich mich sofort in mir selbst auflöste, wenn er mich so wie jetzt ansah? Schnell senkte ich den Kopf und stürmte an ihm vorbei. Dabei erhaschte ich ein paar Gesprächsfetzen, die mich sehr wahrscheinlich überhaupt nichts angingen.

»Ich halte das nicht für eine gute Idee, Ian. Wie lange kennt ihr euch? Verdammte sechs Monate!« Eine Stille breitete sich aus, als würde dieser Ian an der anderen Seite sprechen. Hatte er tatsächlich einen Bruder? Familie? »Mir geht es gut, fang nicht wieder damit an. Wie geht es dir?« Er senkte die Stimme, als ich die Tür zum Personalraum erreicht hatte. »Nimmst du etwa wieder …« Noch bevor ich weiter das Gespräch belauschen konnte, drückte ich die Klinke nach unten und die Tür hinter mir zu. Ich atmete tief durch. Sollte er doch mit seiner Begleitung über dieses Telefonat sprechen, das ihn anscheinend wütend machte. Nicht mein Thema.

Ich ging zu meinem Spind und schnappte mir einen Kaugummi. Irgendetwas musste ich jetzt tun, und wenn ich nur meine Kaumuskulatur strapazierte. Die Tür öffnete sich und ich fuhr herum. Ohne anzuklopfen, betrat Max den Personalraum und schloss sie hinter sich.

»Denkst du, du kannst dir eigentlich alles erlauben?«, platzte aus mir heraus. »Das hier ist nur für das Personal.«

Er sah sich um und sein Ausdruck nahm etwas Angewidertes an. Ja, so schön, wie es vor der Tür aussah, so wenig wurde dahinter investiert. Trotzdem hatte er keinen Grund, alles so zu beurteilen. »Willst du irgendetwas sagen?«, schnauzte ich und verschränkte trotzig die Arme vor der Brust.

»Du arbeitest hier?«, fragte er, als hätte ich erst nach seiner Erlaubnis fragen müssen.

»Wenn es dir nichts ausmacht, ja! Ich muss schließlich meine Miete bezahlen.«

»Du kannst mehr als das hier«, sagte er, als hätte er mir nicht gerade ein Kompliment gemacht. Ich stockte einen kleinen Moment.

»Schön, aber für mehr fehlt mir Geld«, gestand ich ganz offen. Er steckte beide Hände in die Hosentaschen seiner Jeans, die sehr wahrscheinlich teurer war als der Inhalt meines gesamten Kleiderschrankes. Sein Gesicht wurde ernst und seine Kiefermuskeln spannten sich an. Wie an dem Abend, als er sich meinen Truck angesehen hatte. »Musst du nicht zurück zu deiner Begleitung?«, erwiderte ich schnell, ehe er zu irgendetwas ansetzen konnte, was diese Situation nur noch schlimmer machte. Vielleicht mir Geld anbieten oder so etwas.

Er nickte, als hätte er sich gerade wieder an sie erinnert. Dann wandte er sich ab, aber hielt an der Tür noch einen Moment inne. »Sie ist kein Date«, sagte er, bevor er den Raum verließ, als würde mich das irgendwie interessieren. Verdammt, aber das tat es. Sie war kein Date? Was war sie dann? Eine gute alte Freundin? Hatte er überhaupt Freunde?

Ich spuckte den Kaugummi aus, ehe der Manager mich erwischte, strich mir die Schürze glatt und ging nach draußen, um diese Begegnung unter dem abzuhaken, was sie war. Unnötig und verwirrend.

7

Max

Sie war nicht mein Problem. Das war mein Mantra des weiteren Abends, während Cora Jenkins mir irgendetwas über ihr Projekt erzählte, dem ich kaum folgen konnte. Sie hatte schon lange nach einem Termin gefragt und kurzerhand hatte ich einem Abendessen zugestimmt. Dass sie sich so herausputzen würde, hatte ich nicht angenommen, weil ich sie vorher nur in Jeans und einfarbigen Blusen gesehen hatte. Sie war hübsch, keine Frage, und hoffte augenscheinlich, das spiele ihr in die Karten. Aber ich ließ mich nicht von Äußerlichkeiten leiten. Das hatte sie auch gar nicht nötig, denn die Sache, an der sie entwickelte, war ausgesprochen zukunftsträchtig.

Doch meine Gedanken hingen bei einer anderen Frau, die mich verwirrte und vor allem mächtig frustrierte. Sie hatte Geldsorgen? Und wollte nicht, dass man ihr damit half, so wie sie trotzig das Kinn nach vorne gereckt hatte. Vielleicht fiel es ihr einfacher, sich helfen zu lassen, wenn ich ihr einen Deal vorschlug? Ein Deal, der uns beiden helfen könnte.

Mein Gedanke formte sich nach meinem Telefonat mit meinem Bruder zu einem ausgewachsenen Plan. Es stand außer Frage, dass ich ihm helfen musste, aber seit er mit dieser verrückten Lizzy zusammen war, war er nicht mehr er selbst und ich kam kaum noch an ihn ran. Noch dazu diese ständigen Verkupplungsversuche bei jedem einzelnen unserer gemeinsamen Treffen. Und jetzt eine Hochzeit? Nach noch nicht mal einem halben Jahr? Ich ballte die Hände zu Fäusten unter dem Tisch und zerknautschte die Serviette, die ich über meinem Schoß ausgebreitet hatte. Wenn ich es nicht besser wüsste, könnte ich meinen, dass Lizzy meinen Bruder nur ausnutzte. Ich musste meine Gedanken endlich wieder zurück zu meinem Gegenüber lenken. Dem Grund, weshalb ich hier war. Investieren oder nicht?

Ein großer, schlanker Kellner kam an den Tisch und brachte uns ein Soufflé als Nachspeise für Cora. Ich lehnte dankend ab, als er mich erneut fragte, ob ich etwas haben wollte. Eigentlich wollte ich nur eines. Aber seit der Vorspeise und unserer Begegnung in diesem Flur hatte ich sie nicht mehr gesehen.

»Und was sagen Sie?«, fragte Cora und ihre blauen Augen leuchteten. Ich investierte grundsätzlich nur in Menschen, die von ihrer Idee komplett überzeugt waren und dafür brannten. Aber ich ließ mir trotzdem niemals in die Karten schauen. Ich lehnte mich ein Stück zurück und legte die Serviette auf dem weißen Tischtuch ab.

»Das hört sich ausgesprochen interessant an. Meine Assistentin wird sich nächste Woche bei Ihnen melden.«

Sie legte den Löffel zur Seite und wirkte ein wenig enttäuscht. Klar, hatte sie sich in den letzten zwei Stunden auch ziemliche Mühe gegeben. Doch ich war nicht hier, um irgendjemandem ein gutes Gefühl zu geben oder falsche Hoffnungen zu machen. Morgen würde ich mir ihre Zahlen ansehen und dann entscheiden.

Nach dem Essen begleitete ich sie draußen noch zu ihrem Taxi und verabschiedete mich höflich, aber reserviert. Nicht zum ersten Mal hatte ich Avancen von Frauen erhalten, die ich in Verbindung mit einer geschäftlichen Beziehung nicht annehmen würde. Auch wenn Cora Jenkins nicht den Eindruck machte, so eine Art Frau zu sein.

Das Taxi fuhr an und ich nickte ihr durch die Scheiben ein letztes Mal zu, ehe ich mich abwandte und selbst meinen Fahrer rief. Es tat gut, einige Minuten an der frischen Luft zu warten. New Yorks Sommer war tagsüber heiß und stickig und auch wenn die Temperaturen durch die Häuserfassaden und den Asphaltboden gehalten wurden, war es doch deutlich angenehmer als tagsüber.

Die Limousine hielt am Straßenrand und ich stieg hinten ein. »Guten Abend, Mister Holmes, wo darf es hingehen?«, fragte Bellford.

»Könnten Sie einige Male um den Block fahren? Ich warte auf jemanden.« Mein Plan war gereift und nun musste Ivy sich diesen zumindest einmal anhören.

8

Ivy

Völlig geschafft trat ich durch den Personaleingang mit Pete nach draußen und durch eine schmale Gasse auf die Hauptstraße.

»Du willst wirklich nicht mit ins *Roxy's*? Ein paar unserer Kollegen sind dort und ich kann dir versprechen, sie sind nicht so ätzend, wie sie auf der Arbeit tun.« Wir blieben stehen, weil wir in zwei verschiedene Richtungen mussten.

»Danke, das ist lieb, aber ich glaube, ich gehe heute lieber nach Hause.«

Mein Blick fiel auf eine schwarze Limousine, die am Straßenrand stand und mein Herz begann erneut, zu rasen. Pete drehte sich aufgrund meines überraschten Gesichtsausdruckes um und fing an zu grinsen.

»Ach, so sieht das also aus.« Pete schnaubte amüsiert. Die Tür der Limousine öffnete sich und Max trat auf den Bürgersteig. Es sah sogar sexy aus, wie er ausstieg und sich dabei nur ganz kurz über die Unterlippe leckte. »Na dann viel Spaß, Hazel«, neckte mich Pete mit einem Spitznamen, den er mir aufgrund meiner braunen Haare und Augen verpasst hatte, drückte meine Schulter und ging grinsend an mir vorbei.

»Danke«, flüsterte ich noch, aber ich war mir sicher, Pete hatte es nicht mehr gehört. Mein Blick klebte an Max, der zum ersten Mal ein wenig unsicher aussah. Konnte das sein? Doch der Ausdruck war genauso schnell wieder verschwunden, wie er aufgetaucht war. Zurück die unnachgiebige Maske aus Arroganz eines Mannes, der immer das bekommen hatte, was er wollte. Ich hatte nur keinen blassen Schimmer, was das diesmal war.

Ich ging auf ihn zu. »Wollte dein Date nicht mehr mit zu dir nach Hause?«, neckte ich ihn und versuchte, mir nicht anmerken zu lassen, wie viele Gedanken ich mir tatsächlich über diesen Umstand gemacht hatte.

»Sie war kein Date«, behauptete er erneut und ich grinste vielsagend. »Steig ein«, sagte er und hielt die Hintertür auf.

»Kein bitte? Ich bin überrascht, du bist doch sonst so charmant.«

»Steig ein, bitte«, kam als leises Knurren über seine Lippen. Mir gefiel es, wenn ich ihn wie jetzt aus der Reserve locken konnte. Wenigstens eine kleine Gefühlsregung, die mir zeigte, dass der mächtige Max Holmes auch nur ein Mensch war.

»Ich darf von Fremden keine Süßigkeiten annehmen und nicht zu ihnen ins Auto einsteigen.«

Er seufzte. »Du bist die frustrierendste Person, die ich kenne.«

»Stimmt, weil du sonst nur Menschen kennst, die nach deiner Pfeife tanzen.«

»Wieso machst du diese Situation so unnötig kompliziert?« Seine Atmung ging schwer und schnell, als würde ihn allein dieser Satz alle Mühe kosten.

Ich zuckte mit den Schultern. »Weil es Spaß macht?«

»Ich verstehe unter Spaß etwas anderes«, erwiderte er dunkel und trat einen Schritt auf mich zu. Er war mir so nah, dass ich den leichten Hauch seines Duftes riechen und seinen warmen Atem auf meiner Haut spüren konnte. Diesmal fiel mir tatsächlich keine Erwiderung mehr ein. Er hatte mir wortwörtlich den Wind aus den aufgeblähten Segeln genommen.

»Wir sind uns nicht fremd. Ich weiß, wie du schmeckst, und ich werde es ganz bestimmt nicht mehr vergessen«, wisperte er und der plötzliche Stimmungsumschwung ließ meine Knie zittrig werden. Ich befeuchtete meine trockenen Lippen mit der Zunge und sein Blick flog sofort dorthin. Ich spürte die glühende Hitze zwischen uns genauso stark wie an dem Abend in meinem Truck. Seine Atemzüge wurden rauer, als seine Augen erneut meine fanden.

»Bitte steig ein, Ivy«, erwiderte er leise und diesmal konnte ich mich ihm nicht mehr widersetzen. Das Spiel war vorbei und ich hatte verloren. Ich schluckte hart und wandte den Blick ab, damit ich den winzigen Rest meiner Gehirnzellen sammeln konnte. Dann ging ich an ihm vorbei und rutschte auf die lederne Rücksitzbank. Hier drin war es ziemlich geräumig. Der Innenraum bestand aus weichem cremefarbenem Leder, es gab eine Bar in der einen Ecke und zwei gegenüberliegende Sitzbänke. Max nahm auf der anderen Seite Platz und sagte dem Fahrer, dass er losfahren sollte. Seine Nähe war in dem engen Raum so überwältigend, dass es mir wie ein Déjà-vu vorkam.

»Also wolltest du nur sichergehen, dass ich gut zu Hause ankomme?«, fragte ich, denn die Neugierde fraß mich innerlich auf.

Er lehnte sich vor zur Bar und nahm zwei kleine Wasserflaschen hinaus, ehe er mir eine hinhielt. Ich nahm sie entgegen und zog eine Augenbraue hoch. »Kein Champagner?«

»Ich will bei klarem Verstand bleiben«, erwiderte er und nippte an der Flasche, während er mich weiterhin fixierte. Gott, dieser Mann sprühte Funken und ich war mir sicher, er war sich dem Umstand nur zu bewusst. Ich trank ebenfalls.

»Für was?«, fragte ich danach und meine Stimme hörte sich rau an.

»Du brauchst Geld«, stellte er fest und ich schnappte nach Luft.

»O wow, was wird das hier? Ich bin nicht irgendeine …«

»Ivy«, stoppte er mich mit meinem dunkel gehauchten Namen. »Hör zu.« Ich presste die Lippen aufeinander. Und meine Schenkel aneinander. »Das war der falsche Anfang. Vielleicht sollte ich eher damit beginnen, dass ich eine Begleitung benötige.« Er las in meinem Blick die große Frage und sprach weiter: »Für die Hochzeit meines Bruders. Oder wohl eher für die schlechteste Entscheidung seines Lebens.« Ich erinnerte mich an das Telefonat im Flur. Ian, war das sein Bruder?

»Hast du in deinem Sortiment an wunderschönen Begleitungen niemanden dabei, der sich nach deiner witzigen, charmanten Gesellschaft sehnt?«

Er presste den Kiefer aufeinander, als würde er sich gerade vorstellen, was er gerne mit mir und meinem vorlauten Mundwerk anstellen würde. Und ja, tatsächlich würden mir auch ein paar Dinge einfallen, vielleicht provozierte ich ihn deshalb so?

»Es ist recht kurzfristig.«

»Haben sie die Hochzeit nicht lange geplant?«

»Nein«, erwiderte er knapp, als könnte er diesen Umstand ebenfalls nicht verstehen. »Mein Bruder ist bekannt für überstürzte Handlungen«, sagte er und schenkte mir den Eindruck, dass er mir das überhaupt nicht offenbaren wollte.

»Okay, ich fasse zusammen. Du brauchst eine Begleitung und würdest mich dafür bezahlen? Wieso?«

Er zögerte kurz, als wüsste er nicht, ob er die Wahrheit wirklich aussprechen sollte. »Ich brauche nicht nur eine Begleitung, ich brauche genau genommen eine Freundin. Und du würdest ihnen gefallen.«

»Nur ihnen?« Ich musste grinsen, als er keine Antwort wusste. »War nur ein Spaß. Ich soll deine Freundin spielen? Ich frage mich immer noch: Wieso?«

Die Limousine hielt etwas zu ruckartig und ich wurde ein Stück nach vorne geschubst. Dabei berührte mein Knie seines und ich zog mein Bein sofort wieder zu mir. Fehler.

»Mein Bruder hat sich in den Kopf gesetzt, mich zu verkuppeln. Es ist nervtötend.« Er verdrehte die Augen.

»Weil du lieber Single bleibst und fremde Frauen bezahlst, dass sie deine Freundin spielen?«

»Noch mal: Wir sind uns nicht fremd.« War das ein Lächeln? Ein winzigkleines Lächeln? Nein, ganz bestimmt nicht. Nur ein Schatten von draußen, der seine Züge für einen Moment verzerrt hatte. »Aber nein, genau genommen stelle ich meinem Bruder niemanden vor. Und ich bezahle auch nicht für meine Dates.«

Ich holte tief Luft und drückte mich enger gegen das Leder. »Wieso hast du mich nicht einfach gefragt? Vielleicht hätte ich Ja gesagt.«

Wieder war es so, als würde er mir nicht seinen kompletten Plan offenbaren wollen. Aber was blieb mir anderes übrig? Wenn ich weiterhin als Kellnerin arbeitete, würde ich in zwei Leben nicht so viel verdienen, dass ich meine alten Schulden bezahlen und einen neuen Truck kaufen konnte. Also was war dabei, ein paar Tage mit diesem sexy Arschloch zu verbringen und so zu tun, als wären wir die Verliebtheit in Person?

»Okay, ich machs«, antwortete ich, ehe er weitersprechen konnte. »Aber ich habe Bedingungen.«

»Selbstverständlich, ich werde einen Vertrag aufsetzen …«

»Kein Vertrag.« Ich verdrehte die Augen, spuckte mir in die Hand und hielt ihm diese hin. »Das ist mehr wert als ein schriftlich festgehaltener Vertrag. Das ist ein Bündnis.«

Er begutachtete meine Hand, als wüsste er nicht, was er davon halten sollte, und fast hätte ich laut gelacht. »Was sind deine Bedingungen?«, fragte er, als er sich von dem Anblick meiner Hand lösen konnte.

»Kein Sex. Ich bin kein Callgirl. Zuneigungsbekundungen nur, wenn jemand anderes dabei ist und getrennte Schlafplätze, sollten wir übernachten.« All diese Dinge hielten mich davon ab, Sachen zu tun, die mich und mein Herz gefährdeten. Das war meine persönliche Grenze, denn ich spürte bereits jetzt, wie gefährlich nah mir Max kam.

»Wir werden übernachten, es ist ein wahnsinnig lästiges Spektakel über fünf Tage.« Er spuckte sich ebenfalls in die Hand und schlug mit mir ein. Diesmal musste ich wirklich grinsen. »Einverstanden.«

»Einverstanden.« Das Kribbeln seiner Berührung versengte meinen Arm und schnell zog ich die Hand weg. Irgendwie war diese Art der Vertragszusage cooler in meiner Erinnerung als fünfjähriges Mädchen, als ich meinen Lolli gegen Tom Bears Schokolade getauscht hatte.

Max zog ein Taschentuch aus der Hose und hielt es mir hin. Ein Stofftaschentuch wohlgemerkt. Natürlich. Ging es noch versnobter? Ich nahm es ihm ab und reinigte meine Hände damit, während er ein zweites aus seiner magischen Hose zauberte. Wollte ich wissen, was er mit diesen Dingern trieb? Ganz bestimmt nicht.

Ich wollte es ihm zurückgeben, aber aus Gründen, die mir nicht ganz klar waren, steckte ich es automatisch in meine Hosentasche. Vielleicht weil ich so ein Stück von ihm mit nach Hause nahm. Eine Art Trophäe für Marlow. Diese Sache glaubte sie mir nie.

Ein stinkreicher CEO und Milliardär bezahlte mich, damit ich seine Begleitung auf der Hochzeit seines anscheinend deutlich lockereren Bruders war. Verrückt.

»Nur um diese Sache abzuschließen, um welche Summe handelt es sich eigentlich?«

»Eine Million Dollar.« Ich schnappte nach Luft und er wirkte überrascht. »Wenn es zu wenig für dich ist, können wir das neu verhandeln …«

»Großer Gott, nein, eigentlich ist es deutlich zu viel!« Ich dachte an ein- vielleicht zweitausend Dollar. Eine Million? Wie viel Geld hatte dieser Mann? Gab er überhaupt irgendetwas davon aus?

»Ich finde es angemessen.«

»Wenn deine Familie aus der Hölle stammen würde, aber schlimmer als du können sie nicht sein.« Er schnaubte, aber seine Augen funkelten diesmal amüsiert. Dieser Ausdruck gefiel mir. »Mir würde es reichen, wenn ich Betsy reparieren und abbezahlen könnte. Mehr möchte ich nicht.«

Er nickte, aber er sah nicht gerade begeistert aus. Eine Million Dollar? Ich schüttelte den Kopf und lachte innerlich über diese absurde Summe.

Der Fahrer hielt am Straßenrand und ich sah hinaus. Wir befanden uns in Brooklyn vor meiner Wohnung. Ich verengte die Augen zu Schlitzen. »Woher weißt du, wo ich wohne?«

»Man muss seine Freunde kennen, aber seine Feinde noch besser«, erwiderte er. Ich deutete mit dem Finger auf ihn.

»Das war ein Witz, oder? Maxwell Holmes kennt Sarkasmus? Ich bin überrascht.« Ein winziges Lächeln zupfte an seinen schönen Lippen und nicht zum ersten Mal heute unterdrückte ich den Drang, ihn an mich zu reißen und ihn einfach zu küssen.

»Guten Abend, Ivy.«

»Schlaf gut, Max.«

Der Fahrer öffnete mir die Tür und ich stieg aus dem Wagen. Als ich oben in meiner Wohnung angekommen war, sah ich noch mal aus dem Fenster und erst dann fuhr die Limousine an und verschwand hinter dem nächsten Häuserblock. Gott, wie konnte ein Tag so anfangen und dann so enden? Ich konnte nicht fassen, dass ich mich auf so eine Verrücktheit einließ.

9

Ivy

Der Brief kam in einem hübschen elfenbeinfarbenen Umschlag mit Max' Initialen in einer silbernen Erhebung darauf gedruckt.

Er war so altmodisch. Ich verdrehte grinsend die Augen. Wieso konnte er mir nicht einfach eine SMS oder eine E-Mail schicken? Nein, es musste eine richtige Einladung sein. Förmlich, kühl und ganz Max. Eine schwarze Kreditkarte fiel aus dem Umschlag.

Ivy,

mit dieser Karte kannst du für alles die Hochzeit betreffend aufkommen. Du benötigst eine Garderobe für fünf Tage.

Und erneut musste ich schnauben. Es fehlte noch, dass er mir die Anzahl meiner Unterwäschestücke ausrechnete. Kontrollfreak.

Ich las weiter.

So wie ich meinen Bruder kenne, werden wir viel Zeit draußen verbringen. Danach kannst du dich richten.

Der Betrag der Garderobe wird dir selbstverständlich nicht von der Gesamtsumme abgezogen.

Ein Fahrer holt dich Samstag Morgen um zwölf Uhr ab.

Danke. Max.

Ich drehte den Brief, aber auf der Rückseite stand nichts weiter drauf. Kein *Ich freue mich* oder *Kann es kaum erwarten*. Lows Schlafzimmertür öffnete sich und sie kam gähnend hinausgeschlurft. Ich legte den Brief zur Seite und hielt die Kreditkarte in die Höhe.

»Er hat mir wirklich eine geschickt.«

»Nein! Tatsächlich?« Sie kam zu mir und nahm mir die Karte aus den Fingern. »Hab ich doch gesagt. Mindestens eine schwarze. Wann gehen wir shoppen?«

Ich stahl sie ihr erneut und legte sie zu dem Brief auf den abgewetzten Couchtisch. »Ich werde sie nicht benutzen.«

»Was? Wieso nicht? Weißt du, was du davon alles kaufen kannst?«

»Ja, aber ich brauche sie nicht.« Ich zuckte mit den Schultern. »Ich hab genug für eine fünftägige Hochzeit.«

»Er denkt ja auch nicht, dass du nichts zum Anziehen hast, er will dir einen Gefallen tun.«

»Ja, oder sich nicht nachsagen lassen, dass er geizig ist.«

Marlow ging hinüber zur Küche und ich folgte ihr. Sie stellte die Kaffeemaschine an und ich nahm an dem winzigen Tisch in der Ecke Platz. »Siehst du das nicht? Er will dir eine Freude machen, nicht sich absichern.«

Sie drehte sich mit verschränkten Armen zu mir um und ich schnaubte. »Na klar, das sagst du nur, weil du ihn nicht kennst. Für ihn hat alles einen Nutzen. Ich ebenso.«

»Dann lass dich eben benutzen.« Sie wackelte mit den Augenbrauen und ich musste lachen.

»Nicht auf diese Art.«

»Wieso? Hast du nicht gesagt, der Kuss war absolut fantastisch?«

»Ja, schon, aber …«

»Sag nichts weiter.« Sie hielt die Hand hoch und stoppte mich. »Ich will diese Ausreden, wieso es gerade mit einem Typen nicht klappen könnte, nicht hören. Versprich mir nur eines …« Sie sah mich ausdrücklich an, damit ich ihr auch ja richtig zuhörte. »Genieß es einfach nur, okay? Das ist etwas Gutes, das dir gerade passiert, das kann ich fühlen.« Sie stieß ihren Atem aus. »Und jetzt, wo das geklärt wäre … wann gehen wir shoppen?«

»Hast du mir nicht zugehört?«

»Ehrlich gesagt nicht so wirklich.«

»Low«, ermahnte ich sie lachend und sie erwiderte es nur mit einem Grinsen.

***

»Ich sterbe! Mit dir shoppen zu gehen ist wie ein Wanderausflug durch die Rocky Mountains!« Ich massierte mir selbst die Schultern, während wir in unserem Lieblingseinkaufszentrum in einem *Starbucks* saßen und uns eine Stärkung genehmigten. Marlow schürzte die Lippen und begutachtete stolz ihre Ausbeute für die nächsten Castings, die anstanden, sollte sie die Rolle, die sie unbedingt haben wollte, nicht bekommen. Ich drückte ihr so fest die Daumen, auch wenn ich ihre Scheucherei durch jeden einzelnen Laden heute satthatte.

»Stell dich nicht so an. Wenn Max deine Outfits sieht, wird sich das allemal lohnen.« Sie nippte an ihrem Caramel macchiato. »Vor allem, wenn er die Sachen sieht, die du von seiner hübschen Kreditkarte gekauft hast.«

Ich verkniff mir ein Grinsen, wenn ich daran dachte, wie er seine Abrechnungen öffnete. »Ein kleiner Kompromiss.« Ich zuckte mit den Schultern und Low schenkte mir einen vielsagenden Blick.

Mein Handy gab in meiner Tasche einen Laut von sich und ich holte es heraus. Es war eine Nummer, die ich nicht kannte.

Du hast die Karte benutzt.

Großer Gott, er wusste es jetzt schon? Und was sollte dieser Satz? War das ein Test und ich war durchgefallen oder wusste er nur nicht, wie er damit umgehen sollte, was ich damit gekauft hatte?

Er verunsicherte mich mindestens genauso wie ich angeblich ihn. Aber es machte mir eine riesengroße Freude, ihn ein wenig zu reizen, das stand fest. Vor allem auch, weil er meine Nummer ausfindig gemacht hatte und mich nicht einfach danach gefragt hatte.

»Er ist es, oder? Dein Gesicht nimmt einen ganz dümmlichen Ausdruck an«, sagte Low und kaute genüsslich ihren Donut.

»Er weiß es.«

»Er ist besser, als ich angenommen habe. Seine Stalkerfähigkeiten sind beeindruckend.«

»Es ist seine Kreditkarte«, sagte ich und zuckte mit den Schultern. »Ich hätte ja auch ein Haus damit kaufen können oder so etwas.«

»Los, schick ihm ein Bild!«

»Nein, das kann ich nicht tun … Oder?«

»Na klar!« Sie beugte sich ein Stück nach vorne und schnappte sich die mattschwarze Tüte. »Er soll sich die ganze Zeit in den fünf Tagen Gedanken darüber machen, ob du eins davon trägst.«

Ich kaute auf meiner Unterlippe herum. »Na gut, gib her!«

Aufregung durchflutete mich, als ich Low die Tüte abnahm und den samtigen Stoff der cremefarbenen Seide in die Finger bekam. Ich hatte noch niemals so hochwertige und schöne Unterwäsche besessen. Aber als ich einmal damit angefangen hatte, gab es kein

Halten mehr. Rote Spitze, ein halb durchsichtiges schwarzes Bustier, halbhohe Strümpfe, Samt und Seide. Sie fühlten sich sicherlich unglaublich auf der Haut an. Und würde es Max überhaupt interessieren, was ich drunter trug? Wir hatten festgelegt, dass wir uns körperlich nicht näherkamen als nötig, aber nur, weil ich diese Regel festgelegt hatte. Damit ich mich nicht zu tief in diese Sache reinhängte. Die Frage war nur: Hatte ich das nicht bereits?

Ich stoppte mein wirres Gedankenkarussell und machte ein Foto von der Tüte, wie meine Hand das Samthöschen darin zwischen den Fingern hielt. Dann schickte ich es ab, mit den Worten:

Garderobe für fünf Tage, wie der Herr es wollte.

Ich war mir der Zweideutigkeit meiner Worte durchaus bewusst, als ich mit klopfendem Herzen auf eine Antwort wartete.

»Er schreibt.«

»Natürlich tut er das.«

»Er löscht es wieder!«, quiekte ich enttäuscht und Low lachte.

»Weil er sicherlich ab jetzt nicht mehr klar denken kann und nur noch wirres Zeug schreibt.«

»Okay, es kommt was …«

Samstag. Zwölf Uhr.

Enttäuscht ließ ich die Schultern sacken. Wieso eigentlich? Hatte ich angenommen, mit ihm auf ein heißes Sexting einzugehen? Ich war verrückt.

»Er hat nur den Termin bestätigt«, sagte ich gedämpft und Low schubste mir sanft mit ihren Sandalen gegen die Wade.

»Nicht enttäuscht sein, in Wirklichkeit will er dir diese Seide vom Körper reißen. Aber er ist zu sehr Gentleman, um jetzt schon die Beherrschung zu verlieren. Irgendwo in ihm schlummert der Neandertaler, du musst ihn nur hervorlocken.«

10

Max

Du hast die Karte benutzt.

Innerlich schüttelte ich über mich den Kopf. Eigentlich hatte ich sie fragen wollen, wie ihr Tag war, ob sie sich auf die nächsten Tage freute oder doch lieber einen Rückzieher machen wollte.

Ich hatte mir einen Alarm auf meiner Finanzapp eingestellt und wusste nicht, wie ich damit umgehen sollte, als ich *Victoria's Secret* auf der Abrechnung gesehen hatte. Vor einer halben Stunde hatte sie von meiner Kreditkarte Unterwäsche eingekauft und ab diesem Moment musste ich zugeben, dass mir rationales Denken äußerst schwerfiel.

Ich verlagerte mein Gewicht auf meinem Bürostuhl und stützte die Unterarme auf, während ich das Display meines Handys anstarrte und auf ihre Antwort wartete. Meine Atmung war tief und schwer und ich fühlte mich, als hätte man mir die Luft abgedrückt. Sie war nicht nur in Bezug ihres Mundwerks interessant und frustrierend gleichzeitig. Sie war mit ihren dichten dunkelbraunen Haaren, ihrem hübschen Gesicht und intensiven Blick äußerst anziehend. Es war nur ein geschäftlicher Deal, den wir eingegangen waren, und ich hatte ihre Regeln gut gefunden. Ich mochte Regeln. Sie gaben mir Sicherheit und Struktur. Doch jetzt spielte sie mit mir und sendete mir widersprüchliche Signale, die mich fast durchdrehen ließen.

Garderobe für fünf Tage, wie der Herr es wollte.

Fuck. Ich tippte:

Zieh es an.

Ich löschte meine Worte. Damit brach ich die Regeln, ohne dass das Wochenende bereits angefangen hätte. Ich schloss die Augen und stellte mir ihren Körper mit der cremefarbenen Seide vor. Ruckartig öffnete ich sie wieder und verlagerte erneut mein Gewicht. Die Enge meiner Hose nahm beunruhigende Ausmaße an. Ich schnaubte frustriert und tippte erneut.

Samstag. Zwölf Uhr.

»Verdammt«, murmelte ich und schmiss mein Handy so weit von mir, wie es mein Schreibtisch zuließ. Das würden harte fünf Tage werden, wenn ich mir an jedem einzelnen vorstellte, welches der Stücke sie nun trug.

Regeln. Beständigkeit. Sicherheit. Regeln. Beständigkeit. Sicherheit. Diese Worte sagte ich mir vor wie ein Mantra. Sie hatten meinen Bruder und mich vor dem Untergang gerettet. Es konnte nichts schiefgehen, ich hatte auch schon vorher dem Charme einer Frau widerstanden, weil es nicht richtig war, mit ihr zu schlafen.

Ich sollte mich darüber freuen, dass sie so aufgeschlossen und locker war. Ian und Lizzy würden sie lieben und das war doch das Einzige, das gerade zählte. Meinen Bruder glücklich zu machen, damit er keinen Rückfall erlitt.

11

Ivy

Marlow hatte mir mit einem Augenzwinkern viel Spaß gewünscht und mich dann die Treppe hinuntergescheucht, damit Max nicht warten musste. Obwohl ich kurz davor war, ihn extra warten zu lassen. Nur weil ich den skeptischen, dunklen Blick wiedersehen wollte, der alles in mir kribbeln ließ.

Der Fahrer der Limousine stieg aus und hielt mir die Tür auf. »Lassen Sie den Koffer am Eingang stehen, ich mach das!«

Weil mein Gepäck wirklich schwer war, ließ ich mich das nicht zweimal bitten, und lief auf ihn zu. »Hi, ich bin Ivy«, stellte ich mich vor, ehe ich in den Wagen stieg. Der Fahrer war ein Mann mittleren Alters mit Lachfalten um die Augen und seine Lippen zuckten amüsiert.

»Guten Morgen, Miss Ivy, freut mich sehr. James.«

»Wie geht es Ihnen, James?«

»Mir geht es wunderbar! Ihnen hoffentlich auch?«

»Ja, noch«, flüsterte ich und der Fahrer verkniff sich ein Lachen. »Ich sollte einsteigen, oder?«

Er nickte und schenkte mir noch einmal ein Lächeln, ehe ich in den dunklen Innenraum eintauchte.

Max saß wie beim letzten Mal auf der gleichen Sitzbank und balancierte einen Laptop auf dem Schoss. Er telefonierte gerade und o nein! Er trug eine heiße, schwarzumrandete Brille. Ich stand so sehr auf diesen nerdigen Look, dass ich meinen Blick abwenden musste und aus dem Fenster starrte, als ich Platz nahm.

»Ich bin in fünf Tagen zurück. Ja, richtig«, sagte er ins Telefon und ich spürte seine Augen wie brennende Pfeile auf mir. Als ich es noch einmal wagte, ihn anzusehen, verzogen sich seine Lippen zu einem winzigen erleichterten Lächeln. Als hätte er nicht daran geglaubt, dass ich wirklich hier war.

Ich erwiderte es, aber diesmal war er es, der sich abwandte. Er tippte mit den Fingern seiner linken Hand etwas in den Laptop. »Danke, Lynn, das wäre dann alles. Ein schönes Wochenende.«

O wow, er konnte ja wirklich nett sein.

»Hi«, sagte er so unvermittelt und sanft, dass ich schlucken musste.

»Hi.«

»Hast du alles … eingepackt?« Seine Stimme war dunkel und rau.

»Selbstverständlich«, erwiderte ich und die Stimmung wurde genauso intensiv wie sein Blick auf mir. Ich hatte das Gefühl, dass mich vorher noch niemand jemals so angesehen hatte wie er. Die Luft knisterte förmlich und mein Herz wummerte mit dem Kribbeln zwischen meinen Beinen um die Wette. Bis Max sich abwandte und seine Aufmerksamkeit erneut dem Laptop widmete. War dieses Gefühl auch für ihn zu stark? James nahm Platz und fuhr an.

»Wir fahren ungefähr dreißig Minuten zum Flughafen. Du kannst dir gerne einen Film ansehen.« Er deutete beiläufig zu einem in der Wand versenkten Bildschirm. Meine Güte.

»Flughafen?«

Er sah auf und zog skeptisch die Augenbrauen zusammen. Diese grauen Augen. Diese Brille. Ich räusperte mich. »Ich dachte nicht, dass wir fliegen.«

»Die Fahrt mit dem Auto nach Virgina dauert fast 6 Stunden. Ich hatte angenommen, es wäre bequemer, per Flugzeug zu reisen. Wir wären in einer Stunde da.«

Ich dachte an meine Beruhigungstabletten, die zu Hause in dem Spiegelschrank im Bad lagen. Ohne war ich vorher noch nie geflogen. Meine Hände wurden nass und mein Herz raste nun aus einem ganz anderen Grund.

»Alles in Ordnung?« Er merkte mein Unbehagen, stellte den Laptop neben sich auf die Sitzbank und rückte ein Stück vor.

»Ja«, erwiderte ich nicht gerade überzeugend.

Er legte seine großen Hände auf meine Knie und hielt mich. Es war eine sanfte Berührung und hatte etwas Tröstliches an sich. So einfühlsam hätte ich ihn überhaupt nicht eingeschätzt. Meine Haut brannte unter dem Stoff meiner Jeans. »Du fliegst nicht gerne«, stellte er fest.

»Nein.« Ich presste die Lippen aufeinander und schüttelte langsam den Kopf. »So kann man es ausdrücken.«

»Was magst du daran nicht?«, fragte er und ich atmete tief durch.

»Die Kontrolle abzugeben«, gestand ich ehrlich.

Er nickte, als würde er diesen Punkt sehr gut verstehen. »Würde es dir helfen, wenn du den Piloten kennenlernst?«

»Du kennst den Piloten?«

»Selbstverständlich«, erwiderte er, als wäre es das Normalste der Welt. »Wir fliegen mit meiner Privatmaschine.«

»Du Großkotz«, flüsterte ich und versuchte mich an einem unsicheren Lächeln. Er erwiderte es und atmete erleichtert aus, als hätte er kurz Angst gehabt, dass ich ihm hier tatsächlich zusammenklappte oder diesen Trip womöglich sofort abbrach.

»Man tut, was man kann«, antwortete er amüsiert.

»Danke«, sagte ich leise.

»Ich habe noch nichts gemacht.«

Als er ein letztes Mal mein Knie drückte und zurück auf seinen Sitz rutschte, fühlte ich mich tatsächlich ein wenig besser. Bis der Flughafen und die Maschine in Sicht kamen und mir erneut schwindelig wurde. Blöde Idee, ganz blöde Idee.

12

Max

»O wow, die kleine Pille von James war wirklich gut«, nuschelte Ivy und sah mit großen Augen aus dem Fenster des Flugzeugs, als dieses abhob. Wir saßen uns gegenüber und sie lehnte sich so weit vor, dass ich einen fantastischen Blick in den Ausschnitt ihres Kleides im Trenchcoatstil werfen konnte. Der rote Stoff ihres BHs blitzte daraus hervor und schnell wandte ich meine Augen ab.

»Geht es dir besser?«, fragte ich und ihr Kopf ruckte zu mir.

»Ja! Oder …« Sie runzelte die Stirn. »Nein? Ehrlich gesagt hab ich keine Ahnung!« Sie lachte, als hätte sie den besten Witz aller Zeiten gerissen. Mir gefiel es gar nicht, dass die Beruhigungstabletten sie so abschossen. Aber James hatte mir versichert, dass sie harmlos wären und die Wirkung nach gut einer Stunde wieder aufhören würde. »Ich bin noch nie in einer Privatmaschine geflogen! Das ist so versnobt!«, sagte sie und grinste breit und herausfordernd. Ich mochte diesen Ausdruck auf ihrem Gesicht und lehnte mich ein Stück zu ihr vor.

»Im hinteren Bereich gibt es sogar eine Bar und ein Schlafzimmer.«

»Ein Schlafzimmer?«, flüsterte sie und augenblicklich beschleunigte sich ihre Atmung. Gott, sofort fielen mir haufenweise Dinge ein, die ich mit ihr tun wollte. Doch ich erinnerte mich an die Bedingungen, die sie gestellt hatte. Es war besser, wenn wir uns körperlich voneinander fernhielten. Sie war zu gefährlich für meine Selbstbeherrschung. Also lehnte ich mich wieder zurück.

»Falls der Flug länger als eine Stunde dauert und über Nacht geht«, sagte ich schnell als dämlichste Ausrede der Welt.

»Selbstverständlich«, bestätigte sie meine Aussage, als hätte sie nicht herausgehört, was ich eigentlich sagen wollte.

Wieder wanderte ihr Blick nach draußen, während der Pilot durchsagte, dass wir Reisehöhe erreicht hatten. Eine Flugbegleiterin kam aus dem kleinen Vorraum beim Cockpit und trat mit einem freundlichen Lächeln auf uns zu.

»Darf ich Ihnen etwas bringen?«, fragte sie und ihr Blick wanderte zwischen Ivy und mir hin und her.

»Scotch.«

»Für mich bitte auch, mit Soda«, sagte Ivy und überraschte mich.

»Sehr gerne«, erwiderte die Stewardess und ging in den hinteren Bereich zur Bar.

»Du hattest eher angenommen, ich wäre ein Sex-on-the-Beach-Mädchen, oder?« Sie grinste breit und leckte sich über die Lippen, die sie heute rot geschminkt hatte. Seit sie in meine Limousine eingestiegen war, fragte ich mich, ob sie mich auch mit ihrem Äußeren provozieren wollte. Sie sah fantastisch aus.

»Tatsächlich hatte ich das angenommen.«

»Mein Dad liebte Scotch. Es war das Einzige, das uns verband. Irgendwie ganz schön traurig«, sagte sie und ich war mir sicher, ohne die Pillen hätte sie mir überhaupt nicht von ihrem Vater erzählt. Ich fühlte mich so, als hätte ich ihr ein Stück ihres Lebens damit geraubt und es würde mir nicht zustehen.

»Keine Familiengeschichten«, erwiderte ich deutlich zu hart und sie schluckte. Ich hatte sie verletzt. Das war nicht meine Absicht, aber je mehr ich von ihr erfuhr, umso schwerer fiel es mir, einen klaren Verstand zu behalten. Und gerade in dieser Situationen sollte diesen mindestens einer von uns besitzen.

»Wir fahren zu deiner, wie sollen wir diese Bedingung unter einen Hut bringen?«

»Du wirst nur das erfahren, was du für unsere Abmachung brauchst.«

»Also willst du vor deinen Bruder treten und ihm weismachen, du hättest zum ersten Mal eine richtige Beziehung, aber weißt im Grunde nichts von ihr?«

»Wir können uns auf die Standardfakten beziehen. Lieblingsessen, Allergien und so etwas.«

»Wow.« Der Witz war aus ihrem Gesicht verschwunden und sie starrte mich an. »Du bist ein noch größeres Arschloch, als ich angenommen habe.«

Sie nestelte an ihrem Verschluss herum und stand auf. »Ist das unser erster Streit, Darling?«, fragte ich, weil ich sie diesmal provozieren wollte. Sie hatte recht, ich war ein Arschloch und es war besser, wenn sie das gleich herausfand.

»Fick dich«, knurrte sie, ging der Stewardess entgegen und nahm ihren Scotch, mit dem sie sich in den hinteren Bereich verzog. Ich fragte mich noch, ob ich sie darauf aufmerksam machen sollte, dass sich Alkohol vielleicht nicht mit den Pillen von James vertrug. Aber ich sparte mir diesen Kommentar, nahm mir meinen Laptop aus dem Gepäckfach und schnappte mir mein Handy, um zu arbeiten.

13

Ivy

Die Wirkung der Beruhigstabletten ließ nach, als wir den Boden von Virgina berührten, und pochende Kopfschmerzen verdrängten den nebeligen Schleier, der sich über meinen Geist gelegt hatte. Verdammt. Vielleicht hätte ich mir den dritten Scotch mit Soda sparen können, aber ich war so wütend gewesen und musste irgendetwas tun, anstatt sinnlos aus dem Fenster zu starren.

Den gesamten Flug über hatte Max gearbeitet und mich nach seiner bescheuerten Bedingung nicht mehr eines Blickes gewürdigt. Es war so, wie ich angenommen hatte. Ich war ein Geschäft für ihn, ein Mittel zum Zweck und nichts weiter. Wieso kam ich überhaupt auf den Trichter, ihm von meinem Dad zu erzählen? Nicht einmal Low wusste alles über meine verkorkste Kindheit! Nur dass meine Eltern bei einem Flugzeugabsturz ums Leben gekommen waren, was noch nicht mal gelogen war.

Wir verabschiedeten die Stewardess und den Piloten und stiegen die Treppe hinab, an deren Ende bereits ein schwarzer Audi wartete. Eines musste man Max lassen, es gab nichts, an das er nicht gedacht hatte. Er war genauso organisiert, wie ich angenommen hatte. Ich wäre nach dem Flug zuerst einmal zu einer Autovermietung gelaufen, um festzustellen, dass sie sehr wahrscheinlich keinen Wagen mehr hatten. Aber vielleicht waren reiche Snobs einfach alle so. Sie waren es nicht gewohnt, zu warten. Ich war so auf seinen Bruder und seine Familie gespannt, dass ich kaum über etwas anderes nachdenken konnte.

Ein Mann nahm uns das Gepäck ab und verstaute sie im Kofferraum des Audis, bevor er Max die Schlüssel übergab und uns einen schönen Aufenthalt wünschte. Er wollte mir die Beifahrertür öffnen, aber Max hielt ihn auf.

»Ich mache das.«

Der Mann wandte sich sofort ab und ging rückwärts davon. Als würde Max ihn anfallen, wenn er den Blickkontakt unterbrach. Innerlich verdrehte ich die Augen. Machte er auf alle diesen dominanten, erhabenen Eindruck? Als wäre die Welt bevölkert von seinen Marionetten.

»Steig ein«, sagte Max und deutete mit einem Kopfnicken in den Innenraum.

»Du musst mir nicht ständig sagen, was ich tun soll. Ich habe bereits fünfundzwanzig Jahre alle meine Entscheidungen alleine getroffen, also lass diese reicher-CEO-Kontrollfreak-Sache, okay?«

Er verzog keine Miene und ich schnaubte, ehe ich Platz nahm und er die Tür zuwarf. Die kommenden fünf Tage würden wohl die längsten meines Lebens werden. Dabei hatte ich für die kleinen Momente, in denen ich in ihm tatsächlich etwas Menschliches gesehen hatte, gedacht, diese Abmachung wäre ein Klacks.

Hier drinnen roch es nach neuem Auto und teurem Leder. Kein einziges Staubkorn befand sich auf den Armaturen. Es war kalt und unpersönlich. Obwohl es beginnender Sommer und draußen über fünfundzwanzig Grad waren, fröstelte ich. Ich schlang die Arme um meinen Körper und wartete darauf, dass Max einstieg. Sofort verdrängte sein Duft alle anderen und ich sah schnell aus dem Fenster, weil er mich wie immer maßlos übermannte.

»Du fährst sogar selbst?«

»In der Regel schon. Ich hasse es nur, in New York zu fahren.« Er startete den Wagen und drehte die Klimaanlage hoch.

»Zu viel Verkehr und zu viel Unvorhergesehenes, was?«

»Und ich kann den Weg von meinem Büro nach Hause arbeiten.«

»Natürlich. Machst du auch etwas anderes, als arbeiten?« Er fuhr an und die Fliehkraft drückte mich ein Stück in die weichen Polster. Wow, vielleicht bekam ich ihn dazu, dass er mich auch einmal ans Steuer ließ.

»Du meinst, außer mich mit hübschen, vorlauten Foodtruckbesitzerinnen herumzuärgern?«

»Du findest mich hübsch?«, fragte ich amüsiert.

Er schnaubte und lenkte den Wagen auf die Straße. Man konnte als Frau noch so emanzipiert sein, aber es war unglaublich heiß, wenn ein Mann in einem perfekt sitzenden Anzug neben einem saß, mit kräftigen Händen das Lenkrad eines Sportwagens umfasste und ihn mit selbstverständlicher Sicherheit durch die Straßen lenkte. Ich starrte auf seine Hände. Kurze, gepflegte Nägel, Muskeln und Sehnen, die sich bis zu seinen Unterarmen zogen und unter dem Ärmel seines Hemdes verschwanden. Kleine silberne Manschettenknöpfe ohne Schnickschnack.

»Das steht außer Frage«, antwortete er und ich sah mir sein Profil an. Er wirkte immer so verbissen. Wieso?

»Hast du Freunde, Max?«, fragte ich ernst und für einen kurzen Moment huschte etwas Düsteres über seine Züge.

»Freunde sind ein Trugschluss. Wenn es drauf ankommt, kämpft jeder für sich selbst.«

»Das glaubst du?«

»Ist es nicht so?« Er sah mich kurz an, ehe er den Blick wieder auf die Straße richtete. Die Landschaft draußen flog an uns vorbei, ohne dass ich sie wirklich richtig beachtete. Ich hatte nur Augen für Max und die dunkle Aura, die ihn umgab.

»Nein. Ich wohne mit meiner besten Freundin zusammen und weiß, dass ich mich immer auf sie verlassen kann!«

»Weiß sie alles von dir? Ausnahmslos?«

Ich zögerte. »Natürlich.«

»Wieso lügst du, Ivy?« Diesmal war ich es, die ihm auswich und aus dem Fenster starrte. »Siehst du. Eure Freundschaft ist ein Trugschluss. Und auch sie wird Geheimnisse vor dir haben. Das ist okay, wenn man sich nicht einredet, dass man im Extremfall nicht alleine dasteht.«

Genau wie meine Familie ein Luftschloss war. Ich hasste es, dass Max in diesem Punkt recht hatte, weil dies der wundeste Punkt in meinem Innern war, den ich zu bieten hatte.

»Also … Lieblingsfarbe?«, fragte ich und Max wirkte kurz verwirrt. »Damit wir deinem Bruder unsere großartige Beziehung richtig vorspielen können. Wir treffen sie doch gleich, oder nicht?« Und ich war so unfassbar aufgeregt und musste mich ablenken.

»Schwarz.«

»Das sagst du nur, um mich zu ärgern, oder?«

»Welche ist deine?«, fragte er, ohne etwas darauf zu erwidern.

»Bunt.«

»Kannst du dich nicht mal bei deiner Lieblingsfarbe festlegen? Das ist frustrierend.«

Ich musste grinsen. Endlich waren wir wieder auf sicherem Terrain. »Ich frustriere dich gerne, hier zuckt dann dieser Muskel.« Sanft strich ich ihm über den Kiefer. Die Stoppel seines Dreitagebartes kitzelten meine Fingerspitzen und ich hatte den Eindruck, dass er kurz die Luft anhielt. Ruckartig zog ich meine Hand zurück.

»Lieblingsessen?«, fragte ich schnell.

»Ich esse alles.«

»Du enttäuscht mich, ich dachte, du sagst Ivys Hummer Dinner!«

Er musste schmunzeln und ich konnte nicht beschreiben, was dieser Ausdruck in mir anstellte. »Obwohl du dich mir jedes Mal widersetzt und Mayonnaise auf die Brötchen gestrichen hast?«

»Und du musst zugeben, dass es so deutlich besser geschmeckt hat.« Er brummte. »Ich weiß, dass es so ist, du kannst es ruhig zugeben. Komm schon, du machst sicherlich jeden Tag Sport, ein bisschen Mayonnaise bringt deinen Sixpack nicht außer Form.« Ich war mir sicher, dass er einen hatte, und sofort stellte sich mein verräterisches Hirn vor, wie er unter dem teuren Stoff seines Anzugs aussah. Seine breiten Schultern, dieser perfekte Hintern.

»Ich mache nicht deshalb Sport, ich möchte einfach nur belastbar sein. Außerdem kann ich besser nachdenken, wenn ich mich bewege.«

»Darüber, wem du als Nächstes das Leben schwer machen willst?«

»Wieso schwer machen?«, fragte er und war tatsächlich verwirrt.

»Du arbeitest in diesem riesigen Tower mit haufenweise Untergebenen unter dir und zerstörst täglich Träume. Menschen stellen sich mit ihrer Idee bei dir vor und wollen deine Meinung dazu wissen, oder? Und sie wollen deine Unterstützung. Wie vielen erfüllst du diesen Traum?« Natürlich hatte ich recherchiert, was seinen Beruf anging. Er war überall als knallharter Geschäftspartner bekannt und wenn man seinen Namen eingab, wimmelte das Internet mit Suchergebnissen.

»Zwei Prozent.«

»Zwei Prozent? Das ist ja schlimmer, als ich angenommen habe!«

»Ich kann nicht in jedes Projekt investieren. Wenn es schlecht ist, schadet es meiner Firma und meinen Mitarbeitern. Soll ich das aufs Spiel setzen?«

»Vielleicht würden sich die Menschen, die sich bei dir vorstellen, noch mehr Mühe geben, wenn sie einen Vertrauensvorschuss erhalten hätten?«

»Den habe ich auch nicht bekommen und bin trotzdem einer der reichsten Männer des Landes.«

»Und da wäre auch schon wieder Mister Großkotz«, sagte ich wie ein Radiomoderator an. »Aber ich verstehe die Botschaft, die du mir übermitteln willst. Du sorgst dich um deine Angestellten, nicht nur um dein Penthouse, deinen Fahrer und deine Privatjets, oder?«

»Der Luxus ist nur ein angenehmer Zuverdienst.«

»Also wärst du auch in einer Zweizimmerwohnung in Brooklyn aus den Sechzigern glücklich?« Ich dachte an Lows und meine Wohnung.

»Ich habe schon an schlimmeren Orten gewohnt.«

»Wie meinst du das?« Ich hatte angenommen, er und seine Familie hatten schon immer Geld. Aber jetzt fiel mir auf, dass er niemals über seine Eltern sprach. Er setzte den Blinker und bog ab.

»Wir sind da«, sagte er kalt und ich wusste, er würde mir jetzt nichts mehr erzählen. Ich atmete aus und sah nach draußen. Mein Blick wanderte über ein schönes, altes Anwesen mit Efeuranken an der Hausfassade und runden Säulen vor dem Eingang. Es gefiel mir sofort.

Der Schotter unter den Reifen knirschte, als Max auf die Einfahrt rollte und den Wagen dort parkte. Als wir ausstiegen, fühlte es sich so an, als würden wir eine andere Welt betreten. Und als ich Max ansah, bemerkte ich, dass er tatsächlich nervös zu sein schien. Konnte das sein?

14

Max

»Wow, was für ein schönes Haus«, sagte Ivy und ich biss die Zähne zusammen.

»Und deutlich zu teuer, was die Heiz- und Stromkosten angeht.«

»Stimmt ja, bei dir muss alles effektiv sein. Für die Schönheit von etwas hast du nicht gerade ein Auge, oder?«

Ich sah sie an und versank für einen winzigen Moment in ihrem aufmerksamen Blick. Sie stellte so viele nervige Frage. Jemand anderen hätte ich schon längst aus dem Auto geschmissen. Erwartungsvoll zog sie eine geschwungene Augenbraue nach oben. Ich hatte sehr wohl ein Auge für Schönes. Ich fand sie schön.

»Mein Bruder könnte einiges sparen, wenn er nicht in einem halb zerfallenen Haus wohnen würde.«

»Du bist reich, wieso bezahlst du ihm nicht die Stromkosten?« Ich wollte gerade ansetzen, ihr zu sagen, dass ich Ian das mehr als einmal angeboten hatte, da grinste sie und ich wusste, sie wollte mich nur aufziehen. Ich seufzte und stieg aus dem Wagen. Ehe ich ihr die Tür öffnen konnte, war sie selbst ausgestiegen. Noch etwas, das die Frauen vor ihr nicht getan hatten, die den Luxus und alle Annehmlichkeiten, die dieser brachte, mit offenen Armen empfangen hatten. Aber ich vergaß immer wieder, dass Ivy nicht eine von ihnen war. Genau deshalb war sie hier. Ich brauchte nicht zu befürchten, dass sie nur hinter meinem Geld her war. Wobei es das nicht unbedingt zu hundert Prozent traf, wenn man unsere Abmachung betrachtete. Aber das war etwas anderes. Diesen Deal waren wir beide im vollen Besitz von Wissen und unserer geistigen Fähigkeiten eingegangen. Es war nicht mehr als eine geschäftliche Vereinbarung und somit sicher.

Ich schloss den Wagen ab. Das Gepäck würden wir später holen, ich wollte zuerst Ian Hallo sagen und Ivys Vorstellung hinter mich bringen. Ob er mir dieses Schauspiel abkaufen würde? Wieso nicht. Mein Bruder war schon immer mit seinem eigenen Kram beschäftigt, anstatt sich über andere Dinge ernsthafte Gedanken zu machen, und dies war schließlich die Woche seiner Hochzeit.

Wir gingen auf den Haupteingang zu und stiegen die hohen Treppenstufen nach oben. Ich drückte auf den Klingelknopf und legte Ivy eine Hand in den Rücken. Wie automatisch drückte sich ihr Körper gegen meine Berührung. Auch wenn wir uns nicht leiden konnten und völlig unterschiedliche Sichtweisen die Welt betreffend hatten, unsere Körper zogen sich gegenseitig an wie starke Magnete. Selbst ich konnte nicht abstreiten, dass sie mich auf irgendeine Art reizte.

Ein Mann öffnete die Tür, den ich noch nie zuvor gesehen hatte. Er hatte graue Schläfen und trug eine beigefarbene Leinenhose und ein dazu passendes Hemd, das er nur halb zugeknöpft hatte. Ein Lederband hing um seinen Hals und er war barfuß. Großartig. Hatte Ian nun eine Kommune in seinem Haus eröffnet?

»Willkommen! Du bist Max, oder?«, fragte er und ich runzelte die Stirn.

»Und Sie sind?«

»Lizzys Dad! Sagt Dan zu mir.« Er lachte ausgelassen und schüttelte mir die Hand. »Herzlich willkommen!« Er hielt Ivy die Hand hin und sie stellte sich freundlich vor. Als sie seine Finger ergriff, zog er sie an sich und schenkte ihr eine Umarmung. Ohne dass ich es verhindern konnte, kam ein leises Knurren über meine Lippen. Was dachte der Typ sich dabei? Aber jetzt war mir klar, woher Lizzy ihre Hippieeinstellung hatte.

Er und Ivy lösten sich voneinander, aber Ivy wirkte keineswegs verlegen. Ich vergaß immer wieder, wie gut sie mit Menschen umgehen konnte. Auch noch ein Grund, weshalb ich sie ausgewählt hatte. Sie würde sich sofort hier einfinden und ich war mir sicher, es gab keine Person auf der Welt, die ihr nicht verfiel.

Dan und Ivy fingen gleich an, sich über den Flug und die Fahrt hierher zu unterhalten, während wir das Haus betraten. Wie beim letzten Mal fiel mir auf, wie heruntergekommen allein die Eingangshalle war. Hoffentlich reichte der Scheck, den ich Ian zur Hochzeit schenkte, damit er einiges an der alten Baracke renovieren konnte. Wieso war er so verdammt stur?

»Wow! Ich habe gerade eben schon zu Maxie gesagt, wie großartig dieses Haus von außen aussieht, aber von innen ist es ja der Wahnsinn!«, sagte Ivy und hakte sich bei mir unter. Als Dan sich umdrehte, schenkte ich Ivy einen warnenden Blick. Maxie? Sie sollte das Spiel hier nicht zu sehr genießen. Statt verlegen zu wirken, warf sie mir einen Luftkuss zu und ich unterdrückte ein Seufzen. Ihre Finger lagen auf meinem Unterarm und brannten sich durch den Stoff meines Hemdes. Während Dan uns durch das Haus führte und etwas über die anstehende Hochzeit erzählte, spannte sich mein Körper immer weiter an. Das letzte Mal, als ich Ian gesehen hatte, hatten wir uns nicht gerade im Guten getrennt. Lizzy war nicht die richtige Frau für ihn und das hatte ich ihm offen gesagt. Natürlich hörte er nicht auf mich, wie es immer schon der Fall gewesen war. Und jetzt heirateten sie. Aus Trotz mir gegenüber? Das konnte ich mir allerdings nicht vorstellen. Ian war schon immer ein Träumer gewesen und glaubte an die Liebe. Er war viel zu klein gewesen, den Moment mitzubekommen, als dieser Glaube in mir gestorben war.

Bevor der Knoten in meinem Magen größer wurde, richtete ich meine Aufmerksamkeit wieder zurück auf Dan. Der deutete im Wohnzimmer auf eine breite Flügeltür mit bronzefarbenem Rahmen. »Es ist schon fast alles fertig, ihr kommt genau zum richtigen Zeitpunkt.«

Als wir nach draußen auf die Terrasse traten, blieb mir die Luft weg. Jetzt war mir auch klar, wieso Ian und Lizzy aus der Hochzeit ein Fünf-Tages-Spektakel machen wollten. Sie feierten ein kleines Hippie-Festival.

Überall auf dem mehrere Hektar großen Garten waren weiße Jurten aufgestellt. Zwei größere dominierten die Mitte, auf der dazwischen eine Art Platz freigelassen wurde. Der helle Stoff zitterte im leichten Wind, der das Grundstück umgab. Ich erkannte den beginnenden Wald und mein Blick wanderte zurück zu dem Lager.

»Was soll das?«, fragte ich und Dan lachte erneut.

»Für meine Lizzy sollte es etwas ganz Besonderes werden und Ian war sofort dafür! Wir zelebrieren ihre Hochzeit so gut, wie es nur geht! Es gibt ein Musik- und ein Verpflegungszelt, verschiedene Unterhaltungsangebote wie Yoga und Reiki. Viele unserer Freunde haben uns geholfen, das hier auf die Beine zu stellen. Wir sind sehr dankbar.«

»Das heißt, wir schlafen in den Zelten?«, fragte Ivy aufgeregt und klammerte sich noch stärker an mir fest.

»Ja! Ist das nicht großartig?«, erwiderte Dan begeistert und ich gab ein Brummen von mir.

»Wo ist Ian?«

Dan deutete hinter sich. »Er und Lizzy sprechen gerade etwas mit dem Caterer ab, da gab es wohl einige Probleme, in die ich mich nicht einmischen darf.«

»Probleme«, wiederholte ich, als wäre allen nicht klar gewesen, dass dieser Einfall hier eine absolute Katastrophe werden würde. Ich hatte gewusst, dass Lizzy in einer unkonventionellen Familie groß geworden war, aber wie sehr, war mir nicht bewusst gewesen. Dafür hatte ich sie bei den einzigen zwei Begegnungen nicht gut genug kennengelernt. Ian hatte recht, als er mir vorgeworfen hatte, dass ich ihr überhaupt keine Chance gelassen hatte. Weil ich wusste, dass diese Beziehung wieder mal nur eines von Ians Luftschlössern war.

Dan führte uns über die Terrasse und einige Treppenstufen nach unten, zwischen den Jurten hindurch, die noch unbewohnt waren. Ein Festival. Sicherlich kannte Ivy sich mit dieser Thematik besser aus als ich.

Ich hörte Ians Stimme bereits, bevor ich einen Blick auf seinen Rücken werfen konnte. Er stand neben Lizzy, die in ihre blonden Haare weiße Bänder geflochten hatte. Ein Mann stand vor ihnen und deutete auf ein Klemmbrett in seiner Hand. Die drei diskutieren und ich merkte sofort die Anspannung, die in der Luft hing.

Ivys Finger tasteten sich meinen Arm entlang und nahmen meine Hand. Ich war kein Typ fürs Händchenhalten, aber in diesem Moment gab es mir ein wenig Halt zurück und ich klammerte mich an ihre Finger, als hielte ich mich an einem rutschigen Abhang fest.

Ian drehte sich plötzlich um und sein Gesicht erhellte sich, als er mich sah. Dann wurde sein Ausdruck ungläubig, als er Ivy und unsere ineinander verschränkten Hände erfasste. Ich hatte ihm vorher nicht von ihr erzählt, weil wir nicht mehr miteinander gesprochen hatten.

Wir blieben stehen und für einen Moment regte sich niemand.

»Ich würde sagen, Frank und ich klären alles weitere«, sagte Dan und ging mit dem Mann davon.

Lizzy war es, die als Erste etwas sagte. »Hallo, Max, wie schön, dass du da bist!« Sie umarmte mich ungelenk und ich ließ es über mich ergehen. Sofort ging ich zurück an Ivys Seite und spürte Ians neugierige Blicke auf mir.

»Das ist Ivy«, stellte ich sie steif vor und auch sie und Lizzy umarmten sich, allerdings deutlich herzlicher.

»Ivy, freut mich! Wir haben nicht mit einer Begleitung gerechnet, aber es ist schön, dass du hier bist!«, sagte Ian und nahm sie auch in den Arm. Sein dunkelblondes Haar war zerzaust wie immer und er trug einen weißen Leinenanzug. Es kam mir vor, als wäre er in eine Sekte eingetreten. Langsam erkannte ich ihn nicht wieder. Er sah aus wie eine jüngere Version von Dan.

»Max«, sagte er nur meinen Namen und drückte mich an sich. Ich erwiderte seine Umarmung und packte ihn daraufhin am Arm.

»Komm mit«, erwiderte ich und es war mir klar, dass Ian meine Wut über diese Hochzeit spürte. Obwohl ich Meister darin war, meine Gefühle für mich zu behalten, gelang mir das in dieser Situation kein bisschen.

»Wir sind gleich wieder zurück. Kannst du Ivy schon mal ihr Zelt zeigen, Babe?«, sagte Ian an Lizzy gerichtet, die zustimmte.

Wir liefen durch die Zeltreihen und ich hatte keine Ahnung, wie viele Leute die beiden für morgen überhaupt eingeladen hatten. Es war ein totaler Wahnsinn! Ian blieb stehen und hielt mir die Öffnung einer der größeren Jurten auf. Ich duckte mich und betrat das Zelt. In der Mitte stand ein breites Doppelbett mit weißer Bettwäsche, auf der rechten Seite ein cremefarbenes Sofa und ein kleiner Kühlschrank, aus dem Ian zwei Wasserflaschen nahm und mir eine hinhielt.

Ich schüttelte den Kopf. »Ian, was soll das hier?«

»Es war Lizzys Idee und ich kann ihr nichts abschlagen. Je mehr wir geplant haben, umso mehr war ich ebenso von der Idee begeistert!« Er öffnete die Flasche und trank einen Schluck.

»Wer bezahlt das hier?«

»Hierbei soll es nicht um Geld gehen …«

»Ja, klar, aber es geht immer um Geld. Viel Geld, so wie es aussieht.«

»Max, ich weiß, dass du dir dein ganzes Leben lang Sorgen um mich machen musstest, aber das ist jetzt vorbei.«

Ich lachte trocken auf. Das hier fühlte sich nur mal wieder wie eine von Ians hitzköpfigen Ideen an, die er nicht wirklich gut durchdacht hatte. Hatte er dafür einen Kredit aufgenommen, weil er mich nicht um Geld bitten wollte? »Ist das dein Ernst?«

»Mein voller Ernst«, antwortete er fest. »Lizzys Familie geht es nicht gerade schlecht, sie machen viel Geld mit ihren Yoga Studios und diesen neuen Smoothies, die sie mittlerweile auch an Supermärkte verkaufen. Es ist kein …«

»Also bezahlt wieder mal jemand anderes für dich?«

Ian schnaubte und jetzt sah ich auch in seinen Augen einen Funken Wut. »Es geht dich nichts an!«, sagte er fest. »Hast du verstanden? Es geht dich einfach nichts an! Außerdem hast du mir wohl auch einiges verschwiegen! Wer ist Ivy? Ich habe noch nie eine deiner Freundinnen kennengelernt!«

»Weil es nicht relevant ist.«

»Deine Freundin ist nicht relevant? Sie würde sich über diese Bezeichnung ganz bestimmt freuen … Ist das normal?«

»Erzähl du mir nicht, was normal ist«, knurrte ich und Ian seufzte resigniert und ließ den Kopf hängen.

»Hör zu, ich habe dich nicht eingeladen, damit wir miteinander streiten. Du kannst jederzeit gehen, wenn du es möchtest, aber du bist mein großer Bruder und ich will dich bei meiner Hochzeit dabeihaben. Als Trauzeugen.« Ich hielt die Luft an. »Du musst jetzt noch keine Entscheidung treffen, aber versprich mir, dass du es dir überlegst, okay? Bleib nur eine Nacht, schlaf drüber und gib Lizzy endlich eine Chance.«

Ich nickte. Ian hatte mich mal wieder völlig überrannt. »Ich sollte zurück zu Ivy gehen.«

»Klar. Heute Abend essen wir alle zusammen. Ich freu mich, sie kennenzulernen«, sagte er und schenkte mir ein vorsichtiges Lächeln. Er meinte es ehrlich, das wusste ich. Erneut nickte ich und verließ sein Zelt. Verdammt. Diese Sache hier entglitt mir schneller, als ich angenommen hatte.

15

Ivy

Ehrlich gesagt hatte ich nicht viel über meine zukünftige Hochzeit nachgedacht, weil ich dazu weder den perfekten Mann noch ausreichend Kohle hatte. Aber wenn mich jemand danach fragen würde, wäre diese hier sehr nah dran. Lizzy zeigte mir die Zelte, die erstaunlich gehoben mit Doppelbetten und einem kleinen Kühlschrank eingerichtet waren. Außerdem gab es ein Verpflegungszelt und eine riesengroße Jurte, die der zentrale Treffpunkt der Hochzeit bildete und in der dann auch die Dinner am Abend stattfanden. Es wirkte alles völlig ungezwungen und ich mochte Lizzy auf Anhieb. Auch Ian, den ich wirklich nur ganz kurz kennengelernt hatte, wirkte völlig anders als Max. Locker und einfach normal.

Also wieso war Max so, wie er war? So kontrolliert und unentspannt?

Und jetzt war er seit einer Stunde verschwunden. Keine Ahnung, ob er noch bei Ian war, was auch völlig in Ordnung gewesen wäre, wenn mein Gepäck einschließlich meinem Handy nicht in seinem Auto liegen würden. Ich befand mich in dem Zelt, das uns Lizzy und Ian zugeteilt hatten, lag mitten auf dem breiten Doppelbett und starrte gegen das weiße Dach, das im Wind leicht flatterte. Ich hatte die zwei Stoffbahnen, die die Tür bildeten, zur Seite gebunden, sodass die Hitze von draußen nicht ganz so schwer in dem Innern lag. Mir war langweilig und ich fragte mich, ob ich Max suchen sollte.

Plötzlich sah ich eine Bewegung im Augenwinkel und setzte mich auf. »Hey, da bist du ja«, sagte ich zu Max, der mit unseren Gepäckstücken in beiden Händen am Eingang stand. Er atmete tief ein, ehe er eintrat und die Koffer in eine Ecke stellte. Irgendetwas an seinem Gesichtsausdruck gefiel mir gar nicht. Langsam schob ich mich ans Ende des Bettes und ließ meine Beine über den Rand baumeln. »Was ist los?«

Ohne ein Wort drehte er sich um und öffnete die Bänder, sodass die Tür aus Stoff zufiel. Vielleicht brauchte er einfach einen Moment für sich?

Ich stand auf und langsam drehte er sich zu mir um. Seine Augen lösten sich kein einziges Mal von mir und seine Atmung war tief und schwer. »Geht es dir gut?«, fragte ich leise und er ging einen Schritt auf mich zu. Die Intensität, die er mir übermittelte, traf mich völlig unvorbereitet. Bei Max waren meine Gefühle doppelt so stark wie normal. Die Wut. Und die Lust.

Ich hob die Hand und berührte ganz leicht seine Wange. Er schloss die Augen und lehnte sich gegen meine Berührung, dann öffnete er die Lider und jegliche Sanftheit war aus ihm verschwunden. Als er nach meinem Nacken griff, keuchte ich überrascht auf. Seine Lippen trafen meine. Hart. Verlangen pulsierte heftig durch mich hindurch. Ein Kuss. Ähnlich wie in meinem Foodtruck, doch diesmal lag noch etwas anderes darin: Schmerz. Was hatte er mit seinem Bruder besprochen? Wieso machte er sich solche Sorgen um ihn? Gab es dafür einen Grund oder waren das nur normale Gefühle, wenn es um jüngere Geschwister ging?

Er umfasste mit einem Arm meine Taille und zog mich noch enger zu sich. Seine Berührungen und Küsse waren rau und das Heißeste, was ich jemals erlebt hatte. Und trotzdem fühlten sie sich falsch an.

Seine Zunge tauchte tief in meinen Mund ein und ein raues, ursprüngliches Knurren entwich seinen Lippen, das das Kribbeln in meinem Unterleib nur noch erhöhte. Er drängte mich Richtung Bett, aber ich drückte ihn leicht zurück. Sofort reagierte er und löste sich von mir. Er machte einen Satz nach hinten und fuhr sich verzweifelt durch seine akkurat gestylten Haare, als wüsste er selbst nicht, was über ihn gekommen war.

Ich ging auf ihn zu, aber er wich mir aus, als könnte er meine Nähe nicht mehr ertragen. Jetzt war ich mir völlig sicher, dass ihn mehr heimsuchte als einfach nur ein angeborener Kontrollzwang. Es war etwas Schlimmeres in seiner Vergangenheit passiert. »Max …«

»Nicht«, stieß er knapp aus. »Es tut mir leid. Ich habe eine Grenze überschritten.«

»Alles ist okay, mir geht es gut«, versuchte ich ihn zu beruhigen, aber er wirkte immer noch völlig aufgelöst. Sein Bruder war ihm wichtig, das merkte man sofort, aber vielleicht tat er ihm nicht unbedingt gut.

»Sollen wir zurückfahren?«, fragte ich, aber Max schüttelte den Kopf.

»Nein.« Mehr erwiderte er nicht. Er gab mir keine Erklärung für sein Verhalten und ich wusste, ich würde sie auch nicht bekommen. Er war wie ein Schloss, dessen Schlüssel man verloren hatte. Noch nicht mal mit Gewalt bekam man dieses auf. Kurzerhand schnappte ich mir seine Hand und zog ihn nach draußen.

»Was soll das werden?«, fragte er und stemmte sich leicht gegen mich. Ich prallte ein Stück zurück und wieder entstand dieses Knistern zwischen uns, als unsere Blicke sich trafen.

»Vertrau mir, okay?«

Er zögerte, aber dann nickte er und ich atmete erleichtert aus. Wir gingen nach draußen und ich zog ihn an den anderen weißen Stoffzelten vorbei, steuerte ein Ziel an, das mir vorhin bei Lizzys Führung kurz aufgefallen war. Die Zelte lagen hinter uns und die Wiese endete an einem kleinen Wäldchen. Ich zog Max weiter und er ließ es zu. Als wir in den dunklen Wald eintauchten, zog sofort das Glitzern der Sonne auf einer Wasseroberfläche unsere Aufmerksamkeit auf sich und leitete uns den Weg.

Wir kamen an einen schmalen Steg, der ein Stück über einen kleinen See führte, der inmitten von

Bäumen lag. Lizzy hatte mir erzählt, dass dieser Ort ihr Lieblingsplatz war, und ich konnte sofort verstehen, weshalb. Hier fühlte sich alles langsamer an und sofort durchzog die Ruhe den eigenen Körper.

Wir setzten uns an den Rand des Stegs und sagten nichts. Max öffnete die Knöpfe an seinem Hemd und schob den Ärmel nach oben. Daraufhin öffnete er auch die beiden oberen Knöpfe seines Kragens und atmete tief durch. Es gefiel mir, dass er das Gefühl hatte, er konnte hier mit mir frei atmen. Meine Füße baumelten knapp über der Wasseroberfläche und als ich nach unten sah, spiegelte sich mein Gesicht darin.

»Du bist der gleichen Meinung wie ich, dass diese Sache mit den Zelten ein wenig verrückt ist, oder?«, fragte ich und er lachte leise. Ich warf ihm einen vorsichtigen Blick zu.

»Ein wenig.« Er hatte seine Hände neben seinen Oberschenkeln aufgestützt und sah in die Ferne. Endlich wirkte sein Gesichtsausdruck nicht mehr ganz so angespannt. »Aber es ist typisch mein Bruder.«

»Lizzy wirkt nett.«

Diesmal schnaubte er. »Wenn du es sagst.«

»Hey«, erwiderte ich und schubste seine Schulter mit meiner an. Zum ersten Mal sah er mich wieder an und ich schluckte. »Ich bin auf deiner Seite«, sagte ich sanft und er presste die Lippen aufeinander, als würde er mir das nicht glauben. Ehrlich gesagt konnte ich das bis vor diesem Kuss im Zelt selbst nicht glauben. »Du bist eindeutig nicht mit dieser Hochzeit einverstanden.«

»So kann man es ausdrücken.«

»Aber du kannst es auch nicht ändern.«

»Zum jetzigen Zeitpunkt nicht.«

»Sie lieben sich, das sieht man ihnen an.«

»Liebe existiert nicht«, erwiderte er und ich spürte seine Trauer, als wäre sie meine eigene.

Ich legte meine Hand auf seine. »Du musst nicht immer alles unter Kontrolle haben. Vertraue den Menschen, dass sie ihre Sachen selbst geregelt bekommen.« So nah, wie wir uns die letzten Minuten gewesen waren, so schnell war wieder diese unüberwindbare Mauer da, die jeden von Max trennte. Sein Ausdruck wurde hart und er zog die Hand weg. Statt mir beizupflichten, stand er auf. »Du hast ja keine Ahnung«, murmelte er und verließ den Steg und diesen kurzen Moment von Zweisamkeit. Als das Knacken des Unterholzes von seinen Schritten leiser wurde, schloss ich die Augen. Vielleicht hatte Max recht und ich musste mich aus dieser Sache raushalten. Wir waren nicht wirklich zusammen oder gar befreundet. Ich war einfach nur hier, um eine Rolle zu spielen und das Geld für Betsy zu erhalten. Keine Gefühle, keine Nähe waren eine sichere Nummer. Aber wieso war ich trotzdem verletzt, weil er sich mir nicht anvertraute?

16

Ivy

»Und woher kennt ihr euch?«, fragte Lizzy. Nach der Sache vorhin am See, die uns wieder ein Stückchen weiter auseinandergetrieben hatte, war es gar nicht einfach, so zu tun, als wären wir in einer glücklichen Beziehung. Zumal ich das Gefühl hatte, dass uns Ian unser Schauspiel ohnehin nicht abnahm. Wahrscheinlich kannte er seinen Bruder gut genug. Er beobachtete uns den gesamten Abend mit misstrauischen Blicken.

Wir saßen in einem wunderschönen Esszimmer mit hohen, stuckverzierten Decken und einem eingemauerten Kamin in der Ecke an einem Tisch mit Ian, Lizzy und ihren Eltern. Ich fühlte mich wie bei meiner eigenen Hinrichtung. Mein Gesicht brannte heiß und ich versuchte wirklich, nicht zu auffällig zu schwitzen. Wieso fand ich das hier noch eine gute Idee? Ach ja, weil ich keine andere Wahl hatte, wenn ich nicht als Kellnerin versauern und Betsy zurückwollte.

»Ich habe einen Foodtruck und stehe mittags vor Max' Bürogebäude. Er hat sich jeden Tag etwas bei mir geholt und dann kam eins zum anderen«, sagte ich und legte meine Hand auf Max', die neben seinem Teller lag. Er wirkte angespannt. Natürlich tat er das. Es fühlte sich an, als würde er das gesamte Schauspiel beenden wollen. Aber ich steuerte dagegen, denn es hatte einen Grund gegeben, weshalb Max das hier angeleiert hatte. Und ob es wirklich daran lag, dass sein Bruder ihn nur ständig verkuppeln wollte oder nicht, ich würde es bis zum Ende durchziehen.

»Oh, einen Foodtruck?«, fragte Lizzys Mom mit begeistertem Tonfall. Sie war eine ältere Version von ihr und hatte die gleichen honigblonden Haare und rehbraunen Augen. Sie wirkte nett, genau wie Lizzys Dad, der uns ebenfalls seine vollständige Aufmerksamkeit schenkte. »Also bist du eine Köchin?« Ihre Augen strahlten und ich zuckte mit den Schultern.

»Ich serviere Hummer im Brötchen. Ich bin mir nicht sicher, ob man das kochen nennen kann.«

Endlich regte sich Max und sah mich an. »Mach dich nicht kleiner, als du bist. Es gibt einen Grund, weshalb ich jeden Mittag komme«, sagte er und ich lächelte vorsichtig. Gehörte das zu dem Spiel oder meinte er es ernst?

»Also liegt dein Besuch doch nur an meinem Essen und nicht an mir?« Alle bis auf Ian lachten.

»Ich nehme an, es ist die Kombination«, erwiderte er und eine Gänsehaut kroch mir den Rücken hinab, bis er endlich seinen intensiven Blick von mir abwandte und in die Runde sah. Seine Finger tasteten nach meinen und er legte unsere verschränkten

Hände auf seinem Oberschenkel ab. Ich spürte die Kraft seiner Muskeln durch den Stoff seiner Hose. Er hatte sich vor dem Essen umgezogen und trug nun tatsächlich eine lässige Jeans und ein Hemd. Ich wusste nicht, welcher Look mir an ihm besser gefiel. Beides irgendwie. Mein Herz wummerte in meiner Brust.

»Das hört sich total romantisch an«, sagte Lizzy und ihr Blick wurde verträumt. »Ehrlich gesagt hätte ich nicht gedacht, dass Max der romantische Typ ist.«

»Ich auch nicht«, antwortete ich schnell. »Aber unter dieser rauen Schale stecken viele Überraschungen.« Er drückte meine Finger, aber ich wusste nicht, ob er meinen Lobgesang auf ihn stoppen oder ihn anfeuern wollte. Wahrscheinlich eher Ersteres.

»Und wie war es bei euch?«, fragte ich schnell, um von uns abzulenken. Lizzy lehnte sich gegen Ians breite Schulter und als er sie ansah, wurde sein Blick ganz sanft. Innerlich schmolz ich dahin. Ich hatte immer noch keine Ahnung, wieso Max etwas gegen die Beziehung haben könnte. Die beiden waren total ineinander verknallt. Ich kannte sie nicht lange, aber sie würden unwahrscheinlich glücklich miteinander werden.

Anscheinend funktionierte mein Ablenkungsmanöver, denn Ian und Lizzy erzählten von ihrem ersten Kennenlernen in der Schlange eines *Starbucks*. Ian arbeitete dort als Barista und Lizzy hatte einen Job in dem Yoga Studio ihrer Eltern um die Ecke. Es war sogar recht ähnlich wie bei Max und mir und ein wenig musste ich darüber schmunzeln. Während wir von einem Thema zum nächsten kamen und von Lizzys Mom selbstgekochten Gemüseauflauf aßen, sprach Max kein Wort. Aber ich hatte mir auch nicht vorgestellt, dass er der gesellige Typ wäre, der am Tisch eine Anekdote nach der anderen erzählte. Er konnte einen gesamten Raum mit seiner Präsenz füllen, ohne ein einziges Wort sagen zu müssen.

Als die Situation sich am Tisch entspannte, zog ich meine Finger zurück und hatte den Eindruck, Max hielt mich noch eine Sekunde länger fest, ließ dann aber los. Es war total verrückt, vorzuspielen, wir hätten eine Beziehung, aber irgendwie fühlte es sich nicht so falsch an, wie ich vorher gedacht hatte. Vielleicht hatte Low recht und es wäre ein Klacks, diese Tage zu überstehen. Sofern Max mich nicht wie heute Mittag mit einem Kuss überraschte, um mich dann von sich zu stoßen. Und vorausgesetzt Ian wäre mehr auf seine Hochzeit konzentriert, als darauf, uns nachzustellen. Irgendetwas an seinem Blick sagte mir, dass er es immer noch nicht glauben konnte.

Nach dem Essen verabschiedeten wir uns und gingen über die Terrasse hinunter zu unserem Zelt. Irgendwie war es aufregend, darin zu schlafen. Wie in einem Sommercamp, das ich gerne als Kind besucht hätte. Ian hatte uns angeboten, im Haus zu schlafen, aber Max hatte tatsächlich abgewunken. Auch wenn ich mir vorstellen konnte, dass ihm das lieber gewesen wäre.

Wie es sich gehörte, verbrachten Ian und Lizzy die Nacht getrennt. Ian lief mit uns hinunter zu seinem Zelt, während Lizzys Eltern bei ihr im Haus blieben.

Die beiden Brüder unterhielten sich gedämpft und ich blieb nach dem Abendessen im Hintergrund. Max hielt meine Hand und so langsam gewöhnte ich mich an seine Berührungen, die sich immer echter anfühlten. Ich musste definitiv aufpassen, dass ich mich nicht zu sehr in dieser Sache verrannte.

Bei einer Abzweigung bog Ian ab und Max und ich betraten unser Zelt. Er ging in eine Ecke und schaltete eine Campinglampe an, die ausreichend Licht spendete. Irgendwie wussten wir beide nicht so recht, wie diese Nacht nun aussehen sollte. Das Bett war breit, aber war es auch breit genug, damit man sich nicht aus Versehen berührte?

Ich schnappte mir meine Shorts und mein Shirt zum Schlafen, sowie meinen Kulturbeutel und begegnete Max' Blick. »Ich geh mich schnell fertig machen.«

»Ich begleite dich.« So sehr ich mich auf diese Art Camping freute, ich war erleichtert, dass es einen richtigen Waschraum mit Toiletten und Duschen gab. Dixie-Toiletten oder nächtliche Ausflüge in den Wald waren nicht gerade mein Ding.

»Nimm die«, sagte er und übergab mir eine Taschenlampe, die auf dem Bett gelegen hatte. Aus seinem unfassbar ordentlich zusammengelegten Koffer nahm er sich selbst frische Wäsche und einen kleinen Beutel.

Wir verließen das Zelt und ich atmete die klare Luft ein. Als ich nach oben sah, erkannte ich zahlreiche Sterne, die über dem provisorischen Zeltplatz hingen. Die Nacht war warm und klar. Es war wunderschön.

Wir überquerten den Zeltplatz und erreichten unser Ziel. Wir verabschiedeten uns an der Tür, ehe ich mich in Richtung des Frauenbereichs abwandte. Im Innern angekommen band ich meine Haare nach oben und nahm eine schnelle Dusche, ehe ich mich abtrocknete, umzog und mir die Zähne putzte. Ich stellte mir vor, wie Max nebenan das Gleiche tat. Alltäglichkeiten, die selbst ein Maxwell Holmes tun musste. Irgendwie musste ich bei dem Gedanken daran grinsen.

Ein wenig hatte ich mich mit den Temperaturen hier draußen verschätzt, denn ich fror, als ich wieder heraustrat. Max stand bereits an die Außenwand gelehnt und wartete auf mich. Natürlich trug er keine Schlafsachen wie ich, sondern immer noch Jeans und ein frisches Shirt, das auf ganz besondere Weise seine breite Brust betonte. Ich wollte meine Nase in den Stoff drücken und seinen Duft in mich aufsaugen, seine starken Arme um meinen Körper spüren und seine Lippen auf meinen fühlen. Bilder traten in meinen Kopf, die dort ganz bestimmt nicht hingehörten.

»Ist alles in Ordnung?«, fragte er plötzlich und ich räusperte mich.

»Die Dusche hat gut getan«, sagte ich nur und Max nickte. Als wir zurück zu unserem Zelt gingen, hatte ich den Drang, irgendetwas zu sagen.

»Für dich ist das hier eher ein Pflichtbesuch, oder?«

»So kann man es ausdrücken.«

»Und was wäre mit dieser total verrückten Idee, dass du hier wirklich Spaß haben könntest? Nur mal angenommen.« Ich unterdrückte ein Grinsen.

»Nur mal angenommen«, erwiderte er vorsichtig und gab mir die Hand, damit wir über eine Zeltleine steigen konnten. Eines musste man ihm lassen, ich hatte bisher noch keinen Gentleman wie ihn erlebt. »Wie würde dieser Spaß denn aussehen?«

»Ach, so wie der immer auf Hochzeiten aussieht.« Er ließ mich los und ich wünschte mir, dass wir nur für die Show wieder Händchen halten mussten. »Wir ärgern Lizzys Tanten, betrinken uns, tanzen und fallen danach in die Torte. Eine ganz normale Hochzeit.«

»Du wirst nicht mehr auf viele Hochzeiten eingeladen, oder?«

Ich lachte auf. »Maxie, das war ein Witz, oder? Ich bin begeistert!« Ein winziges Schmunzeln trat auf seine Lippen und ich deutete darauf. »O mein Gott, war das ein Lächeln? Der Spaß hat begonnen!«

Er verdrehte die Augen und seufzte, ehe er mir unser Zelt aufhielt und ich hineinschlüpfte. Er konnte behaupten, was er wollte, das hier war nicht nur ein geschäftlicher Deal. Er mochte mich und auf verrückte Weise mochte ich ihn ebenso.

Ich spürte seinen Körper in meinem Rücken. Die Wärme, die er ausstrahlte, ließ mich die Augen schließen. Ich stellte mir vor, wie seine Hand über meine Schulter strich und sich um meinen Nacken legte. Gott, wieso machten sich meine Gedanken in seiner Nähe immer selbstständig?

Schnell öffnete ich die Augen. »Ich weiche eine Bedingung ein wenig auf.«

»Ach ja?«, hörte ich seine Stimme und drehte mich zu ihm um. Das Zelt war zwar größer als normale Zelte, aber trotzdem noch sehr beengt. Die Luft flirrte förmlich um uns herum.

»Du darfst mit im Bett schlafen. Es sollte breit genug sein.«

Mit einer fließenden Bewegung zog er sich das Shirt aus und ich starrte gegen beeindruckende Brustmuskeln. Das Denken fiel mir zunehmend schwerer, als seine langen, schlanken Finger die Knöpfe seiner Jeans öffneten. »Sollte es das?« Seine Stimme war eine Winzigkeit rauer und dunkler geworden. Er dachte das Gleiche wie ich.

Ich wandte mich schnell ab und ging auf die linke Seite des Bettes. »Ist es, aber ich schlafe hier.«

»Soll mir recht sein«, sagte er und legte mit unfassbarer Präzision seine Jeans zusammen und zurück in seinen Koffer neben das Shirt. Er trug nur noch schwarze Boxerbriefs und ich konnte jeden

Muskel an seinen kräftigen Oberschenkeln und Armen erahnen.

Ich krabbelte unter die kuschelige Decke und zog sie mir bis zu den Ohren. Max setzte sich an den Rand und ich beobachtete seinen Rücken, als er seine Uhr auszog und diese fein säuberlich neben das Bett legte. Ich konnte immer noch nicht fassen, dass sie hier richtige Betten aufgebaut hatten. Oder war das nur eine Sonderbehandlung für Max, weil Ian wusste, dass er niemals auf einer Luftmatratze schlafen würde? Irgendwie musste ich bei dem Gedanken von Max auf dem Boden eines Zeltes grinsen. Aber nur, bis er seine Beine über den Rand anhob, sich ebenso unter die Decke schob und sich mit dem Rücken gegen das Kopfteil anlehnte. Der Stoff reichte ihm bis zum Ansatz seiner Bauchmuskeln und ich spürte seinen Blick auf mir.

»Nur eine Decke«, raunte er heiser und ich hielt den Atem an.

»Es kann sein, dass ich sie dir heute Nacht klaue.«

»Kein Problem, mir ist ohnehin heiß beim Schlafen«, sagte er, rutschte nach unten und drehte sich auf die Seite. Ich tat es ihm gleich und wir starrten uns an. Ein Blick in seine grauen Augen aus Sturm und Macht fühlte sich intimer an als eine Berührung.

»Deshalb schläfst du nur in Unterwäsche?« Ich zog eine Augenbraue hoch.

»Fallen deine knappen Shorts etwa nicht darunter?«

Ich schnaubte. »Nein, deshalb heißen sie Shorts.« Die Energie zwischen uns lud sich förmlich auf, aber ich wusste, wir durften nicht diese eine Grenze übertreten. Wir hatten schon viel zu viele ignoriert. Wenn wir miteinander schliefen, würde es mir schwerfallen, nicht mehr das zu sehen, was wir waren. Ganz sicher kein richtiges Paar. Und trotzdem war die Anziehungskraft seines prächtigen Körpers magisch. Meine Brustwarzen richteten sich auf und ich wurde mir das nur allzu bewusst. Auch seine Atmung war schwer und seine Augen flogen zu meinen Lippen. Ich leckte mir darüber und ein tiefes Grollen entwickelte sich in Max' Kehle, das mich nur noch mehr anmachte.

»Dieser Moment wäre sehr intensiv, wenn wir ein richtiges Paar wären, oder?« Ich lachte nervös und er sah mir wieder in die Augen. Ich musste reden, damit mich diese Stimmung nicht mitriss. Irgendetwas, es war völlig egal, was.

»Wenn wir ein richtiges Paar wären, würde ich es nicht zulassen, dass du so weit von mir weg liegst«, sagte er leise und ich presste die Oberschenkel zusammen.

»Wenn wir ein richtiges Paar wären, würde ich auch gar nicht so weit von dir weg liegen wollen.«

Seine Lippen öffneten sich und seine Hand, mit der er sich abstützte, ballte sich zu einer festen Faust.

»Ich würde mit der Hand über deinen Oberschenkel streichen, bis zum Stoff dieser verdammt knappen Shorts, und dir zeigen, dass er nicht mehr bedeckt, als Unterwäsche es könnte.« Ich schloss die Augen. Wir sollten das nicht tun. Wir sollten nicht darüber sprechen, was wir machen würden, wenn uns diese Abmachung nicht hindern würde. Und trotzdem war seine tiefe Stimme, die mir schmutzige Dinge erzählte, so unfassbar heiß. »Und ich würde sie dir ausziehen, damit ich ein weiteres Mal von dir kosten könnte.«

»Ja«, seufzte ich leise und auch meine Hände ballten sich um die Decke. Es fühlte sich an, als würde Max mich tatsächlich berühren. Seine Hitze kroch in all meine Glieder und meine Mitte pulsierte heftig um die Leere, in der sie sich Max wünschte.

»Und diesmal würde uns niemand trennen, denn es gäbe nur uns zwei.« Seine Stimme war schwer und dunkel. »Wenn wir ein richtiges Paar wären«, schloss er und ich öffnete die Lider. Der Blick, den er mir zuwarf, war so intensiv, dass ich nicht anders konnte, als leise zu keuchen.

»Wenn wir ein richtiges Paar wären«, wiederholte ich.

Für einen Moment breitete sich Stille zwischen uns aus. »Gute Nacht, Ivy«, sagte er und löschte die Campingleuchte, die auf seiner Seite des Bettes auf dem Boden stand.

»Gute Nacht, Max«, antwortete ich in die Dunkelheit hinein und auch wenn ich ihn nicht mehr sah, mein gesamter Körper pulsierte, und bettelte nach seiner Nähe.

17

Max

Ivy schlief noch, als ich von alleine gegen kurz nach fünf aufwachte und mich leise anzog. Diese Unterhaltung, kurz bevor wir eingeschlafen waren, ließ mich immer noch nicht los. Fast die gesamte Nacht lag ich wach und war so schmerzhaft hart wie noch nie zuvor in meinem Leben. War es, weil ich noch nie so lange die Nähe ein und dergleichen Frau so genossen hatte, was mich so heftig heiß auf sie machte? Oder war es, weil ich wusste, dass ich sie nicht haben konnte?

Doch ihr ging es ganz genauso, denn sonst hätte sie sich überhaupt nicht auf diese Unterhaltung eingelassen. Ihr leises Stöhnen, als sie sich vorgestellt hatte, was ich mit ihr anstellen würde … Fuck, erneut wurde ich hart.

So leise und so schnell, wie es mir möglich war, zog ich mir eine Jogginghose und ein Shirt, sowie Socken und meine Laufschuhe über und ging nach draußen, ohne Ivy zu wecken. Es war noch dunkel, nur am Rand des Horizonts konnte man den schimmernden Lichtstreifen der aufgehenden Sonne erahnen. Ich lief los, umrundete die Zelte und tauchte in den Wald ein. Das Laufen würde mir guttun und mich wieder zurückholen. Vielleicht hatte Ivy recht und ich sollte diese Hochzeit so gut es ging genießen. Auch wenn ich diese Idee immer noch hirnrissig fand, ich sah ein, wenn ich verloren hatte. Ian würde diese Sache hier niemals abblasen, nur weil ich es ihm sagte. Und mit Ivy an meiner Seite wurde dieses Spektakel vielleicht tatsächlich etwas angenehmer. Schon wieder dachte ich an Ivy, an ihre wohlgeformten, glatten Beine in diesen verdammten Shorts. Heute Abend, wenn die anderen Gäste angekommen waren, würde sie damit ganz bestimmt nicht über den Platz zu unserem Zelt laufen. Eifersucht und dieses Gefühl, sein Mädchen vor dem Rest der Welt beschützen zu müssen, waren mir völlig fremd. Deshalb überrumpelte mich der Gedanke auch völlig und das Laufen brachte mir keine Ruhe und Zufriedenheit wie sonst. Ich wollte nur zurück und sehen, ob es Ivy gut ging. Aber natürlich tat es das, was sollte ihr schon passieren?

Mein Denken war nicht rational, völlig idiotisch. Ich erkannte mich selbst nicht wieder und nahm noch mal an Tempo zu.

Als ich um halb sieben zurück bei unserem Zelt angekommen war, sah ich, dass bereits andere Gäste da waren. Sogar Ian und Lizzy waren wach und unterhielten sich mit Leuten, die ich nicht kannte, auf der Terrasse. Ian hob die Hand in meine Richtung und ich wiederholte die gleiche Geste.

Vielleicht sollte ich diese Sache hier tatsächlich ein wenig lockerer sehen und abwarten. Auch wenn ich mir Sorgen um meinen Bruder machte, ich konnte auch nicht ständig gegen ihn ankämpfen und ihn so unglücklich machen. Verdammte Zwickmühle, nicht nur, was Ivy und ihre Anziehung auf mich betraf.

Ich betrat unser Zelt und stellte fest, dass sie nicht da war. Das Innere war leer. Wo war sie? Wahrscheinlich nahm sie nur eine Dusche und putzte sich die Zähne. Ich hatte erneut den irrationalen Drang, nach ihr zu suchen, um in ihrer Nähe sein zu können. Also schnappte ich auch meine Badsachen und lief über den Platz zu dem Wagen mit den Waschräumen. Es war immer noch früh und die meisten Zelte waren leer, aber hier und da begrüßte mich eine fremde Person und ich erwiderte es mit einem Nicken. In so naher Umgebung mit so vielen fremden Menschen zu sein, die alle glücklich strahlten und so taten, als wäre das hier die beste Idee aller Zeiten, war ungewohnt und auch ziemlich nervig.

Trotzdem hatte ich mir vorgenommen, es zu versuchen und der ganzen Sache eine Chance zu geben, oder?

»Ivy?«, rief ich mit geschlossenen Augen in den Frauenbereich. Ich vernahm Wasserrauschen und drehte mich mit dem Rücken Richtung Inneres. Ich war ganz bestimmt kein Spanner.

»Ja? Max?« Sie rief gegen das Wasser an und erleichtert atmete ich aus. Was hatte ich Idiot denn gedacht? Dass sie abgehauen war, ohne mir Bescheid zu sagen?

»Alles okay?«

»Natürlich.« Sie kicherte und in mir regte sich ein weiteres neues Gefühl. »Ich bin gleich fertig.«

Ich war mir sicher, dass sie alleine war. Und nackt. Unter einem heißen Wasserstrahl der Dusche. Ich sollte zu ihr gehen und diese Sache, die sich zwischen uns immer weiter aufgebaut hatte, endlich erledigen. Vielleicht ginge es uns dann besser, wenn wir den Sex einfach hinter uns brachten? Aber nein. Es wäre verrückt, zu glauben, ich könnte dann noch genug von ihr haben. Nach diesem Abend in ihrem Foodtruck hatte ich an nichts anderes mehr als sie gedacht.

»Ich bin drüben«, rief ich zurück und beeilte mich mit Duschen und Anziehen. Als ich die letzten Knöpfe an meinem Hemd schloss und aus der Garderobe trat, spürte ich ihren Blick auf mir. Ihre schönen Lippen hatte sie zu einem Lächeln verzogen, ihre dicken braunen Haare trug sie in einem hohen Pferdeschwanz und sie hatte ein wunderschönes, luftiges Sommerkleid an. Meine Augen fielen auf ihren schlanken Hals, die leichte Wölbung ihrer Schlüsselbeine und den Ausschnitt, der durch kleine Knöpfe zusammengehalten wurde.

»Du siehst toll aus«, sagte ich und ihre Augen fuhren mich schamlos ab.

»Du auch. Dieser Jeanslook mit Hemd gefällt mir.«

Ich erwiderte ihr Lächeln, einfach, weil ich nicht anders konnte. Dann hielt ich ihr meine Hand hin und ihre Finger verhakten sich mit meinen. Ich trat über die Schwelle ins Freie, und zog sie an mich, sodass ihre Vorderseite gegen meine stieß. Vielleicht war ich auch nur masochistisch veranlagt, weil ich ihre Nähe ständig suchte, obwohl sie mich quälte. Sie atmete hörbar die Luft ein und sah zu mir auf. Der Duft von ihrem Duschgel, Zitronen und ihr erfüllte mich. Langsam setzte ich die Nase an ihren Hals und inhalierte ihn tief. Sie bekam eine Gänsehaut und krallte sich mit ihrer freien Hand in mein Hemd. Die andere hielt ich ein Stück hinter meinen Rücken, damit sie mir nicht entkommen konnte.

»Guten Morgen«, raunte ich und gab ihr einen Kuss auf die Haut, ehe ich mich von ihr löste.

»Guten Morgen«, krächzte sie heiser und ich musste schmunzeln. Seit ich denken konnte, hatte ich noch nie so oft gelächelt. Aber es war genauso ein Zwang, dem ich mich nicht widersetzen konnte, wie ihre Nähe einen auf mich ausübte.

»Hey, da seid ihr ja!« Ich nahm Ivy an meine Seite und sah, wie Ian auf uns zu kam. Er trug erneut einen hellen Leinenanzug, vielleicht war das sein Look der gesamten Hochzeit. Innerlich freute ich mich, dass er uns in dieser Situation erwischt hatte, denn so sah unser Schauspiel wirklich echt aus. Auf der anderen Seite bereute ich es, dass ich nicht nur Ivy dazu benutzte, meinen Bruder zu täuschen, sondern dass dieser Moment auch nicht nur für uns beide gewesen war.

»Wir haben Frühstück auf der Terrasse aufgebaut, wenn ihr hungrig seid!«

»Ja, gerne«, sagte Ivy und umarmte mich fester.

»Dann bis gleich«, sagte er und zwinkerte mir zu. Heute wirkte er lockerer als gestern und auch nicht mehr so misstrauisch. Vielleicht wäre das hier doch nicht so ein großes Desaster, wie ich angenommen hatte.

Wir brachten unsere Badutensilien zurück ins Zelt und stiegen die hohen Treppenstufen zur Terrasse hoch. Natürlich Hand in Hand. Noch nie hatte es sich so gut angefühlt, eine Frau zu halten. Jeder Anwesende hier sollte wissen, dass sie an meine Seite gehörte.

Auf der rechten Seite war ein kleines Buffet aufgebaut, zu dem wir sofort gingen. Mir reichte eine Tasse Kaffee, aber Ivy hatte zugegeben, mächtigen Hunger zu haben. Also schnappte sie sich einen Teller und lud sich Croissants, Eier und Speck, Bagels und Paprika darauf. Ihre Augen glänzten und ich führte sie mit einer Hand an ihrem Rücken an einen Stehtisch am Rand, die mit weißen Hussen überall verteilt waren. Die Menschen wurden mehr und Lizzy und Ian begrüßten einen nach dem anderen. Was für ein Stress.

»Du würdest deine Hochzeit ganz anders feiern, oder?«, fragte Ivy und nahm einen Bissen von ihrem Croissant.

»Erst einmal würde ich wahrscheinlich generell nicht heiraten, aber ja, es geht doch nur um das Brautpaar, oder? Wieso sollte ich da Hunderte anderer Menschen zu einladen?«

Ihre Augen wurden größer und sie sah mich fast mitleidig an. »Du willst nicht heiraten? Niemals? Deine arme zukünftige Mrs Holmes.«

»Nicht jeder braucht einen Ring am Finger und ein Dokument, um zu wissen, dass man zusammengehört«, sagte ich rau und lehnte mich ein Stück zu ihr. »Abgesehen davon, dass ich nicht daran glaube, dass es normal ist, sein gesamtes Leben nur mit einer Person zu verbringen. Irgendetwas stört einen mit der Zeit doch immer.«

»Natürlich tut es das, darum geht es doch auch nicht. Es sollte sogar ab und zu mal Streit geben, damit man heißen Versöhnungssex haben kann.«

»Dazu ist Streit also gut? Wieso erst streiten, wenn es doch nur um Sex geht?«

Ich seufzte.

»Du hast wirklich keine Ahnung von Beziehungen, oder?«

»Deswegen bist du hier«, erwiderte ich mit gesenkter Stimme. Sie straffte die Schultern.

»Damit hast du es besiegelt. Ich habe eine Mission! Dir zu beweisen, dass die Liebe existiert.« Sie deutete zu Ian und Lizzy, die breit lächelnd Arm in Arm nebeneinanderstanden. »Und dir zu zeigen, wie man Spaß haben kann. Das ist definitiv überfällig in deinem durchgetakteten, kontrolliertem Leben.«

Sie wirkte ziemlich von sich überzeugt und war so unglaublich nervtötend mit ihren zwanghaften Versuchen. Außerdem verdammt süß. »Gewöhne dich schon mal dran, nicht zu gewinnen, denn beide Punkte wirst du nicht abhaken können. Nicht in mittlerweile nur noch vier Tagen.«

»Oh, Mr Holmes, vier Tage sind dafür mehr als ausreichend«, erwiderte sie und tunkte das Ende des Croissants erneut in einen dicken Klecks Marmelade. Sie sollte unbedingt besser auf ihre Ernährung achten. Sie runzelte die Stirn.

»Du findest das eklig, oder? Genauso wie die Mayonnaise auf den Brötchen. Aber insgeheim weißt du, dass es bombastisch schmeckt. Ein Geschmacksorgasmus.« Sie hielt mir das Croissant hin. Die Marmelade tropfte fast hinunter und ich verzog angewidert das Gesicht. »Beiß ab.«

»Ganz bestimmt nicht.«

»Beiß ab, hab ich gesagt, und hör auf mit diesem Mein-Körper-ist-ein-Tempel-Quatsch.«

»Sei nicht so herrisch, das steht dir nicht.«

Sie wurde ernst. »Du weißt noch nicht, was mir steht und was nicht. Also …« Sie wackelte vor meinem Mund mit dem Essen und ich hatte wirklich Angst, dass die Marmelade auf die weiße Tischdecke tropfte.

»Du bist absolut nervtötend.«

»Ich weiß«, erwiderte sie mit einem zufriedenen Grinsen, als ich endlich ein Stück von dem Croissant abbiss. Es war nicht so, als hätte ich so etwas noch niemals gegessen, aber ich sah keinen Nutzen darin, sich mit leeren Kohlenhydraten und Zucker vollzustopfen. Das machte nur träge und verhinderte mich, leistungsorientiert zu arbeiten. Aber … Oh. Es war richtig gut. Und ich hasste es, dass sie recht hatte.

»Sag nichts, genieße einfach nur«, erwiderte sie mit sanfter Stimme. Ich spülte den Rest mit einem Schluck Kaffee hinunter. »Möchtest du noch mal?«

»Ganz bestimmt nicht«, brummte ich. Ivys Lachen daraufhin zog mich völlig in ihren Bann. Dafür hätte ich sogar ein ganzes von diesen in Butter getränkten Teilen aus der Hölle verputzt.

Sie legte ihre Hand auf meine und für einen Moment sahen wir uns einfach nur an. Ich konnte nicht sagen, ob Ivy meine schlechtesten oder meine besten Seiten zum Vorschein brachte, aber ich fühlte mich definitiv gut dabei.

»Oh, Maxwell!« Ein schrilles Quieken ließ mich herumfahren. Verdammt. Chloe Henderson stand vor mir. Sie trug ein enges weinrotes Kleid, das ihre Brüste und ihre Kurven betonte, dazu fielen ihre blonden Haare in Wellen über ihre nackten Schultern. Sie war heiß, keine Frage, schließlich arbeitete sie als Topmodel und verdiente damit Geld, auf ihren Körper zu achten. Aber sie war auch absolut austauschbar.

»Hallo, Chloe«, sagte ich höflich und streckte ihr die Hand hin.

»Ach, wieso so förmlich?« Sie schlang ihre Arme um mich und ich spannte mich bei ihrer Berührung an, erwiderte sie jedoch, schließlich wollte ich sie nicht vor allen bloßstellen. Sie war einer der Gründe, weshalb Ivy anwesend war. Verkupplungsversuch Nummer acht.

18

Ivy

Mein Herz raste und ich fühlte mich, als wäre ich Zuschauer eines faszinierenden Films. Eine atemberaubende Blondine umarmte Max, der sie ansah, als wären sie alte Bekannte. Vielleicht eine Ex? Hatte er was mit ihr gehabt? Großer Gott, die beiden sahen absolut fantastisch nebeneinander aus. Perfekt.

»Das ist Lizzys Cousine, Chloe«, stellte Max sie vor und trat näher an mich. Ich hielt ihr die Hand hin und sie schenkte mir ein wunderschönes Lächeln. Mit ihren High Heels und diesen Beinen war sie mindestens einen Kopf größer als ich und reichte bis zu Max' Kinn. Die perfekte Größe zum Küssen, ohne dass er sich hinunterbeugen musste. Ich hasste sie. Ich musste es einfach.

»Chloe Henderson«, sagte sie, als sollte mir ihr Name irgendetwas sagen und verdammt, das tat er wirklich.

»Ja, natürlich! Du modelst für viele große Marken, oder?«

»Stimmt, aber darum soll es heute ja gar nicht gehen«, sagte sie, als hätte ich etwas Verbotenes angesprochen, um die Aufmerksamkeit auf mich zu ziehen. Jetzt fühlte ich mich noch unzulänglicher. Sie wandte sich wieder an Max, als wäre ich es keine Sekunde mehr wert, beachtet zu werden. Wow. Es war gar nicht so schwer, sie nicht zu mögen.

»Erzähl, wie geht es dir? Ich habe nach Lizzys Geburtstagsfeier überhaupt nichts mehr von dir gehört.« Sie senkte ihre Stimme und schenkte ihm einen Augenaufschlag, der selbst mich durcheinanderbrachte. Sie wusste eindeutig, wie sie mit ihren Reizen umzugehen hatte.

»Ich war sehr beschäftigt«, wich er ihr aus und ich spürte, dass die Anziehung doch vielleicht nicht auf beider Seite lag. Er schlang einen Arm um mich und sah mich sanft an. Dieser Blick. Er wäre ein fantastischer Schauspieler geworden.

»Oh, ihr beide …«, stotterte Chloe und zeigte zwischen uns hin und her. »Das ist mal eine Überraschung«, sagte sie, als könnte sie sich nicht vorstellen, was Max an mir fand.

Ich schlang meinen Arm um seine Hüfte und grinste sie breit an. »Nicht wahr? Manchmal liegt das Wahre ein wenig versteckt vor einem, aber wenn man es sieht, haut es einen förmlich um. So war es mit Max und mir. Er hat sich ziemliche Mühe gegeben und um mich geworben, bis ich zum ersten Mal überhaupt mit ihm ausgegangen bin. Und Chloe …« Ich schenkte ihr ein überlegenes Lächeln. »Umwerben kann er definitiv, das kann ich dir sagen.« Treffer und … versenkt! So wie sie sich ihm an den

Hals warf, obwohl sie merken musste, dass er kein Interesse hatte, hatte sie das definitiv verdient.

Sie fuhr sich nervös durch die Haare und ihr Lächeln wirkte eher wie eine Grimasse. »Wie schön für euch«, quiekte sie. »Ich muss unbedingt noch jemandem Hallo sagen. Dann viel Spaß euch auf der Hochzeit. Ziemlich verrücktes Konzept, oder? Bye!«

Sie konnte gar nicht schnell genug von uns wegkommen. Max senkte den Kopf und presste die Lippen an meine Schläfe. Ich spürte sein Grinsen. »Umwerben kann ich also?« Er lachte leise und drückte mich enger an sich. »Du musst mir bei Gelegenheit erzählen, wie ich dich für mich gewinnen konnte, Darling.«

Ich drehte mich in seiner Umarmung um und grinste ihn frech an. Er schlang auch noch den zweiten Arm um mich, und ich tat es ihm gleich. Egal, was wir hier spielten, wir waren richtig gut zusammen.

»Du hast Chloe Henderson also tatsächlich nach Lizzys Party einen Korb gegeben? Oder war es eher ein One-Night-Stand und sie wurde aufdringlich?«

»Einen Korb. Abgesehen davon, dass sie aufdringlich ist, habe ich kein Interesse, in Lizzys verrückte Familie einzuheiraten wie mein Bruder.«

»Aber Chloe Henderson! Hast du dir mal ihre Beine angesehen?« Wir schmunzelten immer noch und Max führte seine Lippen zu meinem Ohr. Sofort beschleunigte sich mein Puls um ein Vielfaches.

»Nein, ich habe nur Augen für ein anderes Paar Beine in kurzen Shorts oder in diesem wirklich fantastischen Sommerkleid.« Er drückte mir einen Kuss auf den Hals direkt unter meinem Ohrläppchen und eine Gänsehaut überzog meinen Nacken. Das hier fühlte sich so echt an, so gut.

Als er mich wieder ansah, erkannte ich in seinen Augen das Zögern. Wollte er mich küssen? Würde ich es zulassen? Das stand außer Frage. Natürlich würde ich das.

Aber bevor wir so weit kommen konnten, löste er sich von mir und brachte ein wenig Abstand zwischen uns. Traute er sich selbst nicht? Ich würde keine Wette auf einen von uns abschließen.

***

Ian hatte Max zu sich gebeten, um irgendetwas zu besprechen. Ich hatte keine Ahnung, um was es ging, aber mir stand es auch nicht zu, danach zu fragen. Also streifte ich über den Platz, sprach mit einigen Leuten und traf Lizzys Mom, die gerade eine Yogastunde vorbereitete. Es war unwirklich, wie ein ganz eigenes Festival voller Menschen und Glückseligkeit. Wenn Ian und Lizzy all diese Leute als Freunde oder Familie bezeichnen konnten, konnten sie sich tatsächlich glücklich schätzen.

»Und, wie ist es?«, begrüßte mich Low, als ich sie anrief. Ich hatte mich in das Verpflegungszelt zurückgezogen, mir eine Flasche Limonade und eine

Packung veganer Bio Kekse geschnappt und mich auf einen der Loungesessel geschmissen. Es war total verrückt, auf dem Boden lag ein cremefarbener Teppich und an der Decke hing ein silberner Kerzenleuchter. Es war das luxuriöseste Zelt, das ich je in meinem Leben gesehen hatte.

»Ich fühle mich wie in einer dieser romantischen Komödien, die du dir ständig reinziehst.« Mein Blick wanderte durch den Raum, zu der Theke, hinter der einer von den Leuten des Caterers stand und Snacks verteilte, während eine Handvoll Menschen hier ihre Ruhe genossen.

»Wieso? Ist es in einem Schloss und dein größter Feind hat sich als dein heimlicher Prinz entpuppt?«

Ich musste lachen. »So in der Art. Die Hochzeit findet in riesigen weißen Zelten im Garten eines wirklich tollen Anwesens statt. Die Menschen bestehen aus Topmodels und haufenweise Yogis. Eine wirklich kuriose Mischung sage ich dir.«

»Topmodels und Yogis? Das klingt tatsächlich ziemlich verrückt. Hatte Max deshalb keine Lust darauf?«

»Wahrscheinlich. Er ist ziemlich …« Ich suchte nach einem passenden Wort für ihn. »Kontrolliert.«

»Und hat Probleme mit Topmodels? Das hört sich nach einem Typen zum Heiraten an.«

Ich steckte mir einen weiteren Keks in den Mund. Sie waren echt gut. »Heiraten ist tatsächlich das Letzte, das ich bei ihm im Sinn habe.«

»Oh, das klingt heiß.«

»Irgendwie herrscht da ständig diese Anspannung zwischen uns. Als würde nur noch ein winziger Funken fehlen, bis wir übereinander herfallen.«

»Wow, ich beneide dich! Schnapp ihn dir!«

Ich schnaubte. »So einfach ist das nicht. Das würde alles verkomplizieren.«

»Das muss es doch nicht! Lass es einfach auf dich zukommen, vielleicht kann es funktionieren?«

»Und sehr wahrscheinlich nicht. Wir leben in zwei völlig unterschiedlichen Welten.«

Low seufzte. »Du bist furchtbar pessimistisch.«

»Realistisch würde es eher treffen.«

»Dann habt wenigstens abgefahrenen, heißen Kontrollfreak-Sex ohne Bedeutung!«

Ich musste lachen. »Mal sehen.«

»Und wo ist dein Mister Hot Holmes gerade?«

»Mit seinem Bruder unterwegs, mit ein paar Leuten quatschen und ich brauchte mal eine Pause.«

»Kann ich verstehen. Auf so einer luxuriösen Hochzeit zu sein, muss ganz schön anstrengend sein.« Ich hörte das Grinsen aus ihrer Stimme.

»Genau und deshalb mache ich auch jetzt Schluss und genieße die Stille.«

»Du bist gemein.«

»Hab dich lieb!«

»Ich dich mehr!«

Mit einem Lächeln lehnte ich den Kopf gegen die hohe Lehne des Sessels und schloss die Augen. Vielleicht hatte Low recht und ich machte mir zu viele Gedanken über das, was sich gerade zwischen Max und mir entwickelte. Wahrscheinlich war es ohnehin nur körperliche Anziehung und mit dieser kam ich klar. Das war sicheres Terrain für uns beide.

»Ist der noch frei?« Eine tiefe Stimme riss mich aus meiner Entspannung und ich sah auf. Ein Mann ungefähr Ende zwanzig stand vor mir. Er hatte dunkelblondes Haar, strahlend blaue Augen und ein verschmitztes Lächeln. Und seine Aufmerksamkeit galt ganz mir. »Nur wenn es dir nichts ausmacht, die anderen sind alle besetzt.«

»Ja, natürlich«, sagte ich endlich und lächelte ihm freundlich zu. Er war süß und genau die Art Typ, bei der ich früher zweimal hingesehen hätte. Nette, lockere Männer, mit denen man lachen und viel Spaß haben konnte. Keine mürrischen Snobs in perfekt sitzenden Anzügen, die fast reicher waren als der Präsident.

Er nahm neben mir auf dem anderen Sessel Platz und verschränkte die Finger über dem flachen Bauch. »Tolle Idee mit den Zelten, oder?«

»Und wie!«, antwortete ich ihm. »Wer möchte nicht tagelang seine eigene Hochzeit feiern?«

»Wer möchte generell nicht tagelang feiern?«

»Ganz meine Rede.«

Er hielt mir seine Hand hin und ich ergriff sie. »Christian. Freut mich sehr, dich kennenzulernen.«

»Ivy. Ebenso.« Er umschloss meine Finger fast komplett, ehe er mich wieder losließ.

»Und du gehörst zur Braut oder zum Bräutigam?«

»Quasi Bräutigam. Ich bin die Begleitung seines Bruders.«

»Maxwell Holmes?« Seine Augen wurden minimal größer. Kannte denn jeder Max?

»Ja, richtig. Ist das so ungewöhnlich?«

»Ich kenne Max nicht gut genug, um das beurteilen zu können«, sagte er schnell. »Ich wollte dir nicht zu nahe treten.«

»Ist kein Problem, wir kennen uns noch nicht lange.« Das war noch nicht mal richtig gelogen.

»Okay«, sagte er mit einem vorsichtigen Lächeln.

»Und du? Braut oder Bräutigam?«

»Ich war mit der Braut in der Schule. Wir waren quasi Nachbarn und haben uns angefreundet.«

»Wie schön, dann kennt ihr euch schon ewig?«

»So kann man es sagen. Aber da war nie mehr als Freundschaft, falls du dich das jetzt fragst«, sagte er schnell und mit einem Zwinkern.

»Habe ich nicht«, erwiderte ich mit einem Grinsen. Die Unterhaltung mit Christian war tatsächlich sehr leicht, so wie ich es mir gedacht hatte. Ein ganz normaler Typ eben.

»Sehen wir uns später zum Abendessen? Vielleicht lässt Max mich dich ja zu einem Tanz auffordern?«

»Vielleicht musst du auch mich dazu fragen?«

»Selbstverständlich.«

Ich stand auf und strich mir mein Kleid gerade. »Dann bis später.«

»Bye, Ivy.«

19

Max

Ich hasste Small Talk und war noch nie gut darin. Doch meinem Bruder zuliebe war ich durch einen Parcours aus Menschen gelaufen, die sich alle mit mir unterhalten wollten. Warum auch immer. Die meisten von ihnen hatte ich nur zweimal in meinem Leben gesehen. Einige wollten wissen, wie Lizzys Kleid aussehen würde – als wäre gerade ich dazu der richtige Ansprechpartner – oder ob Ian aufgeregt war, wie das Essen sein würde oder was es Neues in New York gab.

Als ich ihn endlich erreicht hatte, war ich genervt und wollte nur zurück zu Ivy. Immer wenn ich bei ihr war, übertrug sie mir ihre Ruhe und Entspanntheit und mittlerweile hatte ich mich daran gewöhnt. Irgendetwas sehnte sich in mir nach ihrem Lachen, den Blicken, die sie mir zuwarf, und ihrer bloßen Anwesenheit. Um nicht ergründen zu müssen, was das zu bedeuten hatte, beschleunigte ich meine Schritte und erreichte meinen Bruder.

»Du siehst aus, als bräuchtest du einen Drink. Ich glaube, ich hab genau das Richtige für dich, komm mit«, sagte Ian und deutete in eine Richtung. Er war besser darin, die Leute freundlich, aber bestimmt abzuwimmeln, als wir die Terrasse verließen und ums Haus herumgingen.

»Nicht dein Ding, ich weiß, aber ich bin froh, dass du hier bist«, sagte er, während wir Seite an Seite über die Kieseinfahrt liefen, die mittlerweile vollgestellt mit Autos aller Art war. Ich hatte keine Ahnung gehabt, dass mein Bruder so viele Leute kannte. Während ich mich außer zu geschäftlichen Angelegenheiten eher von Menschen fernhielt, zog er sie mit seiner Art an wie das Licht die Motten.

»Du bist mein Bruder, natürlich bin ich hier.«

Wir kamen an eine alte Scheune und Ian legte seine Hand auf meine Schulter, damit ich ihm meine Aufmerksamkeit gab. Er lächelte ein wenig unsicher. »Mir ist aufgefallen, dass ich dir noch nie richtig Danke gesagt habe, oder?«

»Das ist auch nicht nötig.« Worauf wollte er hinaus?

Ian werkelte an einem Vorhängeschloss herum und zog dann eine der Türen zur Seite. Eine Staubwolke wehte aus dem dunklen Innern und ich kniff die Augen zusammen und wandte mich für einen Moment ab, weil es mir die Luft zum Atmen raubte.

»Das hier ist mein Dankeschön. Für alles.« Ian deutete hinein und ich setzte einen Schritt nach vorne, ehe er aufholte und an etwas trat, das unter einer weißen Plane versteckt war.

»Was soll das sein?«, fragte ich und Ians Grinsen wurde nur größer.

»Bist du bereit?«

»Ich bin mir nicht sicher«, sagte ich und Ian zog trotzdem die Plane zur Seite. Der glänzende chromfarbene Lack war das Erste, was ich sah. Ein rostiger Kühlergrill, vier runde Scheinwerfer, eine Schramme auf der Motorhaube.

»Ein Buick Riviera«, sagte ich und meiner Überraschung folgte ein Lachen. »Wo hast du diese alte Kiste denn her?« Ich ging hinüber und strich mit der flachen Hand über den Lack.

»Es ist deine alte Kiste.«

Ich sah auf und Ian nickte ermutigend. »Ganz genau.«

»Mein Buick?« Erneut sah ich über das Auto. Das abgewetzte Lenkrad, ein dunkler Fleck auf der Sitzbank, der mir mehr als vertraut vorkam. »Das kann nicht sein«, murmelte ich und öffnete die Fahrertür, ehe ich mich auf den Sitz schob. Ehrfürchtig strich ich über die Armaturen. Ian nahm neben mir Platz und legte den Arm auf dem Seitenfenster ab.

»Ziemlich cool, oder?«

»Das ist nur eine Nachbildung, oder? Eine ziemlich gute, du hast sogar den Fleck richtig gut hinbekommen.«

»Nein, Max. Es ist dein altes Auto, ich schwöre es! Wusstest du, dass die alte Mrs Fleming ihn sich unter den Nagel gerissen hat, als wir …« Er sprach nicht weiter, aber ich wusste, auf welchen Tag er anspielte.

Und auch ich wollte nie wieder darüber nachdenken.

»Sie hat ihn bei sich behalten, bis wir zurückkommen. Kannst du dir das vorstellen?«

Ich presste die Lippen aufeinander, weil ich nicht wusste, was ich sagen sollte. »Wieso warst du bei unserem alten Haus?«

Ian seufzte. »Lizzy dachte, es wäre eine gute Idee. Um abzuschließen.«

Ich starrte auf das Lenkrad und versuchte, meine Atmung zu kontrollieren. Hin und wieder suchte mich erneut dieses Gefühl von früher heim. Mit den Jahren war es schwächer geworden und überkam mich seltener, aber es war immer noch da. Tief steckte es in meinem Innern fest und rüttelte an seinen Gitterstäben. »Es tat irgendwie gut, dorthin zu fahren. Du solltest es auch mal versuchen, damit …«

»Hör auf.« Stille breitete sich zwischen uns aus. Ich hatte keine Ahnung, ob es gut war, dass Ian so unsere Vergangenheit verarbeitete, aber mein Weg sah anders aus. Verdrängung stand unangefochten auf Platz eins.

Ian lehnte sich nach vorne und öffnete das Handschuhfach. Er beförderte zwei Dosen Bier daraus hervor. »Sogar das alte Kühlfach funktioniert noch«, sagte er und gab mir eine Dose. Ich hielt sie in einer Hand und folgte mit den Augen einigen Kondenstropfen darauf. Ein fassungsloses Lachen entwich meiner Kehle.

»Bier. Hoffentlich nicht das von vor elf Jahren.«

»Nein!« Ian lachte und endlich war die Stimmung nicht mehr durch alte Erinnerungen gedämpft. »Ich habe letzte Woche Neues reingemacht. Hör zu, ich wollte dir den Buick schon am ersten Abend zeigen, aber da kam es mir irgendwie nicht richtig vor. Sieh ihn als deine Insel, zu der du dich zurückziehen kannst, wenn es dir hier zu stressig wird, okay?« Mein Bruder kannte mich besser, als ich angenommen hatte. »Und selbstverständlich kannst du ihn auch mitnehmen, wenn du fährst. Es ist dein Auto.«

»Behalt ihn«, sagte ich, öffnete die Dose und hielt sie ihm entgegen. Ian stieß mit seiner an. »Hier passt er besser hin als in eine New Yorker Tiefgarage. Zeig ihn deinen Kindern.«

»Danke«, erwiderte er leise, denn im Grunde ging es nicht nur um das Auto. Ich war mir sicher, endlich akzeptiert zu haben, dass Ian mit Lizzy zusammen war und sie ihm mehr geholfen hatte, als ich jemals gekonnt hatte. Vielleicht war ich nicht nur besorgt gewesen, Ian könnte einen Rückfall erleiden … Mir wurde bewusst, dass ich eifersüchtig gewesen war.

Als wir einen Schluck tranken, besiegelten wir unseren neuen Schwur. Dieses Auto sollte nicht mit alten Erinnerungen belastet sein, es hatte verdient, neue zu bekommen. Schöne.

»Und natürlich werde ich dein Trauzeuge sein«, sagte ich und Ian gab ein glückliches Japsen von sich.

»Ich wusste, du würdest das durchziehen«, sagte er und als ich ihn ansah, war sein Grinsen breiter als in den letzten Tagen meiner Ankunft. Er hatte es verdient, endlich glücklich zu sein.

Ich nickte zu dem Handschuhfach. »Ich hoffe, dadrin ist genug Bier, damit ich deine übertriebene Hochzeit überlebe?«

Er lachte. »Ist schon ein bisschen groß, oder?«

»Minimal.«

Ian seufzte, aber nicht ohne ein Lächeln auf den Lippen. Er lehnte seinen Kopf gegen die Stütze. »Lizzy hatte diesen verrückten Traum und danach war sie nicht mehr aufzuhalten. Ich würde alles für sie tun, damit sie glücklich ist. Selbst eine Woche lang weiße Leinenanzüge tragen.« Er sah an sich herunter und ich musste ebenfalls lachen.

»Das ist die härteste Bedingung an dem Ganzen, oder?«

»Du kannst dir nicht vorstellen, wie hart.« Sein Blick wanderte in die Ferne, während wir tatsächlich in dem Buick unserer Jugend saßen und Dosenbier tranken wie früher. »Aber ich liebe sie so sehr, dass es fast wehtut. Sie ist die Richtige.« Er sah mich an und ich erkannte die Wahrheit in seinen Augen. »Mein Herz rast, wenn ich mir nur vorstelle, sie könnte fort sein, weißt du?«

Nein. Wenn ich ehrlich war, wusste ich nicht, was er meinte. Ich hatte es noch niemals erlebt. Liebe. Und mittlerweile hatte ich den Glauben daran verloren, dass mir diese in diesem Leben zugeteilt war. Ich war gut im Geschäft. Ich konnte aus winzigen Dingen Gigantisches schaffen. Ich hatte kein Problem damit, mit verbundenen Augen einen Computer zusammenzuschrauben oder einen Code zu programmieren. Aber ich wusste nicht, wie eine Beziehung zu einem anderen Menschen funktionierte. Es war einfach nicht logisch.

»Ich will, dass es dir gut geht, Ian, und wenn das heißt, dass du dein ganzes Leben lang hippiemäßige Leinenanzüge tragen wirst, ist das okay für mich.«

»Danke.« Ein Schmunzeln lag auf seinen Lippen, als wir erneut anstießen und die Dosen leerten. Ian nahm die nächste heraus. Gott, wie lange hatte ich keinen Alkohol mehr außer ein Glas Bourbon getrunken? Vor allem kein Dosenbier. Ich nahm sie entgegen und das Zischen drang durch den Innenraum, als wir sie gleichzeitig öffneten.

»Ich nehme keine Drogen mehr. Niemals wieder! Lizzy hat mir klargemacht, was das bedeuten würde.«

»Das ist gut.« Auch wenn es ehrlicherweise an mir nagte, dass nicht ich es gewesen war, der ihn dazu bekommen hatte, nicht mehr morgens in seiner eigenen Kotze aufzuwachen. Oder wie das eine Mal in einem Krankenhaus, knapp dem Tod entkommen. »Das ist wichtig. Du hast so ein Leben verdient.«

»Du auch, Bro«, sagte er und ich spürte seinen Blick auf meinem Profil. Ich seufzte tief. Hatte ich das wirklich?

»Mir geht es gut.«

»Mit Ivy?«, fragte Ian vorsichtig. »Ich hab dich vorher noch nie so mit einem Mädchen gesehen. Du wirkst fast entspannt in ihrer Gegenwart und bist nicht ganz so unerträglich wie sonst.«

Erneut musste ich auflachen, als ich an sie dachte. Was sie jetzt gerade wohl machte? Sie hatte sich bestimmt irgendeiner Yoga Gruppe angeschlossen oder übte Lektionen in Reiki.

»Sie ist total frustrierend«, gestand ich ehrlich. Ich konnte Ian immer noch nicht sagen, dass Ivys und meine Beziehung nur gespielt war, damit ich ihm zeigen konnte, dass ich mein Leben genauso unter Kontrolle hatte. Es machte auch keinen Unterschied.

»Das sind diese Art Frauen immer«, erwiderte er locker.

»Diese Art?«

»Die Richtigen.« Sein breites Grinsen ließ mich die Augen verdrehen.

»Keine Ahnung, ob wir dauerhaft zusammenpassen würden.«

»Dann finde es doch einfach heraus.«

Das war nicht so einfach. Eigentlich war sie nur hier, weil wir einen Deal hatten. Ich bezahlte sie praktisch dafür, Zeit mit mir zu verbringen, denn ich war mir sicher, andernfalls hätte sie niemals zugestimmt. Sie war jemand, der mit jedem Menschen klarkam aber ich war mir sicher, in Wirklichkeit konnte sie mich überhaupt nicht leiden.

»Vielleicht«, murmelte ich und spielte mit dem Dosenverschluss, bis er abbrach. »Vielleicht tue ich das sogar.«

20

Ivy

Ich hatte mich gerade für das Abendessen umgezogen, da wurde das Zelt aufgerissen und Max stand im Eingang. Seine Krawatte hing lose um seinen Hals, sein Hemd war um mehrere Knöpfe weit offen. Auf seinen vollen Lippen lag ein verführerisches Lächeln und sein Blick galt nur mir. Mir fiel das Atmen schwer und mein Herz schwoll in meiner Brust an.

»Hi«, hauchte er und ich hörte definitiv die Schwere seiner Zunge heraus. Er war mehrere Stunden weg gewesen und es sah aus, als wäre jemand mehrmals durch seine Haare gefahren. Ich erkannte ihn nicht wieder und wusste nicht, ob das jetzt gut oder schlecht war. Er würde doch nicht mit einer anderen Frau etwas anfangen, wenn ich hier auf ihn wartete? Als er näher kam, roch ich den leichten Hauch von Alkohol. Er blieb vor mir stehen und schmunzelte immer noch. Mit einem Ruck zog er sich die Krawatte hinunter und schmiss sie auf das Bett, ohne den Blick von mir abzuwenden. Er konnte sich nicht vorstellen, wie heiß ich das fand.

»Du bist betrunken«, stellte ich amüsiert fest.

Er schnaubte und deutete mit Zeigefinger und Daumen etwas Kleines an. »Vielleicht ein winziges bisschen.«

Ich musste lachen. Er war auf keinen Fall mit einer anderen Frau zusammen gewesen und irgendwie war er süß mit diesem funkelnden Blick und dem schelmischen Grinsen auf seinen Lippen. Die Dominanz, die er sonst zeigte, machte ihn erfolgreich und anziehend, aber auch ein wenig unglücklich. Seine Lockerheit jetzt in diesem Moment mit ihm zu teilen, fühlte sich an wie ein riesiges Geschenk. »Du warst mit Ian unterwegs, oder?« Eine andere Option gab es nicht, außer er hatte hier einen guten alten Freund getroffen. Max war allerdings nicht der Typ, um mit alten Freunden eine Sauftour zu machen.

»War ich.« Er legte die Hand auf meine Schulter und strich mir mit dem Daumen über die Haut. Unablässig. Allein diese Berührung setzte meinen Unterleib in Flammen. »Und es gab Bier, obwohl ich überhaupt kein Bier mehr trinke. Und dann dachte ich an dich und hatte ein schlechtes Gewissen, dass ich dich so lange alleine gelassen habe«, plapperte er. Mein Grinsen wurde größer. Max plapperte sonst nie. »Dann dachte ich noch mehr an dich und dieses vorlaute Mundwerk.« Er strich mir sanft mit dem Daumen über die Unterlippe. »Und wie schön du heute ausgesehen hast … Wow!«, rief er plötzlich, als er meinen Aufzug bemerkte. Verlegen zuckte ich mit den Schultern. »Dieses Kleid«, hauchte er und ich konnte nicht glauben, welcher Mann da gerade vor mir stand. War dies die richtige Version von ihm oder war es nur ein Trugbild? »Es ist unglaublich.« Er hielt mir den Arm hin, damit ich mich einhaken konnte. »Wir sollten essen gehen, ich möchte mit dir angeben.«

»Willst du dich nicht umziehen?«, fragte ich und deutete auf seine Klamotten. Er sah unverschämt gut aus in dem ein wenig zerknitterten Hemd und der dunklen Jeans, aber ich hatte angenommen, für das erste offizielle Abendessen würde er einen Anzug anziehen wollen. Zumindest hatte ich ihn so eingeschätzt.

»Ich fühl mich gut«, sagte er und ich erwiderte sein Lächeln. »Wirklich richtig gut.«

»Na dann, los gehts.« Hatte er Ian von unserem Deal erzählt? Oder spielten wir hier immer noch unsere offizielle Rolle? Ich war verwirrt. Aber eigentlich musste er mir nichts vorspielen, wenn wir alleine waren. Trotzdem war die Anziehung zwischen uns nicht abzustreiten.

Ich schnappte mir noch schnell meine Clutch und wir verließen das Zelt, obwohl ich diesen lockeren Moment mit ihm gerne länger genossen hätte. Sobald wir unter andere Menschen kamen, spürte ich die Anspannung, die in ihn zog. Ich streichelte sanft seinen Arm, den ich mit meinen Fingern umklammert hielt, und das schien ihm zu gefallen, denn er schenkte mir ein atemberaubendes Lächeln.

»Bier also?«

»Ja«, seufzte er, hatte aber weiterhin ein Grinsen auf den Lippen. »Ian hat es organisiert und …« Es war, als hätte er mir noch etwas erzählen wollen, doch im gleichen Moment erreichten wir die freigeräumte Wiese hinter dem Verpflegungszelt, auf der die offiziellen Essen stattfanden. Auf das Grün war ein Holzboden gelegt worden, was meinen hohen Schuhen sehr gelegen kam. Runde weiße Tische mit wunderschöner Dekoration standen verteilt darauf. Wildblumen und Kerzen rundeten das Bild überall ab. Die Atmosphäre war wunderschön, luxuriös und trotzdem locker und entspannt. Die Menschen, die sich bereits um die Bar versammelt hatten, lachten und hatten ihren Spaß. Etwas weiter entfernt spielte eine Band leise Klänge zum Ankommen und Kellner verteilten Sekt und Häppchen mit Melone und Trauben als Aperitif.

»Es ist wundervoll«, stellte ich fest und selbst Max brummte zustimmend neben mir. Er hielt einen Kellner an und nahm ihm erst zwei Sekt aus der Hand, wovon er mir einen reichte, und daraufhin einen kleinen Teller mit Essen. Höflich bedankte er sich und hielt ihn mir hin. »Ich hab mich immer noch nicht wirklich daran gewöhnt, was für ein Gentleman du bist«, sagte ich grinsend und seine Augen funkelten.

»Du warst eindeutig mit der falschen Art von Männern aus«, erwiderte er, aber mir entging nicht der knurrende Unterton dabei. War er eifersüchtig? Das konnte nicht sein!

»Da will ich dir noch nicht mal widersprechen.« Ich stieß mein Sektglas gegen seines und wir tranken einen Schluck. Prickelnd lief mir die kühle Flüssigkeit meine Kehle hinab und sofort setzte das erste duselige Gefühl des Alkohols ein, das mich wie in Watte packte. »Irgendwie traurig, dass ich dich nicht dazuzählen kann«, neckte ich ihn und er senkte ein Stück den Kopf zu mir.

»Wie meinst du das?«

»Unser Date ist ja nicht echt«, flüsterte ich und Max trat noch ein Stück näher.

»Das weiß niemand außer uns.« Da hatte ich meine Antwort, ob Ian involviert war.

»Aber das reicht leider völlig aus, um diese Blase zu zerstören.« Ich seufzte.

»Ivy«, raunte er meinen Namen und ich klammerte mich am Sektglas fest. »Sobald wir wieder in New York sind …« Doch zum Weitersprechen kam er leider nicht mehr. Eine kurvige Blondine trat mit einer Brünetten auf uns zu. Die beiden waren um die sechzig, sahen in ihren hübschen, bunten Kleidern und den Blumen im Haar aber deutlich jünger und dynamischer aus.

»Max!«, begrüßte die Kurvige ihn und auf sein Gesicht trat ein schmerzverzerrter Ausdruck, der mich kichern ließ. Er warf mir einen bösen Blick zu, aber auf seinen Lippen lag erneut dieses herausfordernde Schmunzeln, das mir so gut an ihm gefiel.

»Deborah, Mona«, begrüßte er sie kühl, aber die Frauen schien das nicht zu beeindrucken.

»Du hast eine Begleitung mitgebracht!«, stellte die Brünette scharfsinnig fest.

»Ivy Wescott«, sagte ich und streckte ihr die Hand hin. »Freut mich sehr.«

Wir schüttelten uns die Hände.

»Ich bin Deborah«, sagte die Kurvige und deutete auf ihre Freundin. »Und das ist Mona. Wir sind Lizzys Tanten.« Sie drängten uns auseinander. Max steckte hinter ihnen die Hände in die Hosentaschen und sah so aus, als wollte er mit all dem nichts zu tun haben. Ich fand es furchtbar witzig, wie sehr ihn zwei ältere Damen, die kein Blatt vor den Mund nahmen, quälten. »Und auch wenn wir gedacht hätten, dass Max perfekt zu unserer Nichte Cynthia passen würde, ist seine Wahl wirklich ausgesprochen magnifique!«

»Komm schon, Deb, hör auf mit diesen französischen Wörtern! Du hast nur einen Monat in Paris gelebt, es nimmt dir keiner ab, dass du wirklich Französisch kannst.«

Die Blondine legte beschämt die Hand auf ihren großen Busen. »Mona! Ich habe dir schon mal gesagt, dass der französische Lebensstil sofort auf mich übergesprungen ist!«

Die beiden begannen eine Diskussion und ich spähte über sie hinweg. Max zog sein Handy aus der Tasche und deutete darauf, als müsse er drangehen. Mit den Lippen formte er ein »Sorry« und wandte sich ab. Ich sah seinem breiten Rücken hinterher, wie er den Bereich des Dinners verließ und zwischen einem Zelt verschwand. Ich hoffte, er würde bald zurückkommen. Nicht wegen Lizzys Tanten, mit denen kam ich klar, sondern weil ich ihn jetzt bereits an meiner Seite vermisste. Ich hasste und liebte dieses Gefühl gleichzeitig.

»Wo habt ihr euch kennengelernt, Liebes?«, fragte nun Deborah an mich gewandt und ich erzählte die gleiche Geschichte wie gestern beim Abendessen.

Die beiden kicherten und ihre Augen funkelten aufgeregt.

»Unter uns, wäre ich dreißig Jahre jünger, hätte ich ihn mir selbst geschnappt«, sagte Deborah und Mona schnalzte mit der Zunge.

»Du hättest keine Chance gehabt.«

»Wer sagt das denn?« Und erneut fingen sie an zu streiten.

»Die Damen!« Ich zuckte zusammen, als jemand an meiner Seite auftauchte und die Hand auf meinen unteren Rücken legte. Ganz leicht und ich fragte mich, ob ich mir diese Berührung nicht einbildete.

»Oh, Christian!«

»Es freut mich sehr!«, sagte er charmant und deutete eine kleine Verbeugung an. »Hi«, sagte er leise zu mir und ich lächelte als Erwiderung. »Dürfte ich euch vielleicht Ivy entführen?«, wandte er sich höflich an die beiden Damen.

»Wie spannend, zwei Männer, die Interesse an Ihnen haben, Ivy.« Mona japste erfreut. Ich zuckte überrascht mit den Schultern, weil mir keine Erwiderung darauf einfiel. Christian war keine Konkurrenz zu Max.

»Deborah, der erste Tanz gehört doch immer nur dir«, sagte er und ich konnte nicht abstreiten, dass mich seine lockere charmante Art fast selbst um den Finger wickelte. Die Frauen kicherten.

»Bis später!«

»Bis später, ihr Turteltauben!«

Christian drückte mich sanft durch einige andere Menschen in Richtung Bar. »Tut mir leid, aber du sahst aus, als müsstest du gerettet werden.« Er fuhr sich grinsend durch die Haare. So nah neben ihm erkannte ich einige Sommersprossen auf seiner Nase, die perfekt zu ihm passten.

»Danke, ich fand die beiden eigentlich recht amüsant.«

»Das sind sie nur bis zu dem Moment, in dem sie dich verkuppeln wollen. Aber das ist für dich ja sowieso kein Thema, oder?« Wollte er wirklich wissen, ob ich so fest mit Max liiert war, dass kein anderer Mann eine Chance hatte?

»Richtig«, erwiderte ich schmunzelnd und wir blieben vor der Bar stehen. Etwas sagte mir, dass es keine Rolle spielte, welche Antwort ich gegeben hätte, es war Christian egal, mit wem ich hier oder zusammen war. Es sollte mir schmeicheln. Wahrscheinlich störte es Max ohnehin nicht, denn wie wir festgestellt hatten, spielten wir hier nur ein Spiel. Auch wenn er vorhin etwas sagen wollte, das sich stark nach einer Frage nach einem richtigen Date angehört hatte. Oder?

Ich gab Christian mein leeres Sektglas und wenig später zauberte er zwei Gläser mit roter Flüssigkeit her, die ihm ein Barkeeper übergeben hatte. »Cranberry Wodka, köstlicher geht es kaum«, sagte er und stieß mit mir an. Christian wusste bestimmt keinen guten alten Single Malt wie Max zu schätzen. Verdammt. Max beherrschte meine gesamten Gedanken.

»Und wo ist dein Begleiter? Hat er dich einfach zurückgelassen?«

»Er musste ein Telefonat führen.«

»Ach stimmt ja, der erfolgreiche CEO aus New York.« Wieso klang sein Tonfall auf einmal so bitter?

»Er hat viel zu tun, aber ist trotzdem hier und hat sich mehrere Tage freigenommen.«

»Tut mir leid, du hast recht, ich sollte mich da nicht einmischen. Vielleicht bin ich ein klein wenig eifersüchtig auf ihn«, gestand Christian ehrlich und sah mich abwartend an.

»Ist okay, ich bin mir sicher, dass sein Job einige Männer neidisch macht.«

»Es geht nicht um den Job«, erwiderte er leise und mein Herz setzte einen Schlag aus. O nein. Ich wollte Christian wirklich keine Hoffnung machen, aber er war tatsächlich ein netter Kerl.

Ich spürte seine Präsenz, noch bevor er an meine Seite trat. Die Härchen an meinen Armen stellten sich auf und es fröstelte mich, obwohl die Sonne die Luft unter dem aufgespannten Pavillondach zum Flirren brachte. »Christian.«–Max' Stimme klang kühl und reserviert. Ich vermisste den lockeren Max, der mich vorhin verlassen hatte. Doch diesen würde ich in Anwesenheit von so vielen Menschen niemals mehr zu Gesicht bekommen.

»Max, wir haben gerade von dir gesprochen.« Max schlang seinen Arm um meine Taille und zog mich besitzergreifend an sich. Ich lehnte mich gegen ihn, um ihm das Gefühl zu geben, dass ich genauso nah bei ihm sein wollte wie er bei mir.

»Davon gehe ich aus.« Max' Stimme war fast ein Knurren.

»Du hast eine wunderbare Begleitung, das ist mir heute Mittag schon aufgefallen, als wir uns kennengelernt haben. Wo warst du zu dem Zeitpunkt eigentlich?«

O wow, Testosteron und der charmante Flair des Steinzeitalters lagen in der Luft. »Ich bin mir ziemlich sicher, dass ich nur meiner Assistentin und Ivy berichten muss, wo ich mich befinde.«

»Christian, es hat mich gefreut«, sagte ich schnell, um diesem Schauspiel zu entkommen. Er nickte mir zu und schenkte mir ein Lächeln, das aber angespannt wirkte und nicht seine Augen erreichte. »Wir sehen uns später.«

»Ganz bestimmt«, sagte er und irgendetwas an seinem Tonfall gefiel mir immer weniger. Ich zog Max an ihm vorbei und zu der Tafel, auf der die Sitzplätze eingezeichnet waren.

»Was war das denn?«, fragte ich ihn leise und er zog mich noch ein Stück enger an sich. Wollte er nur sein Revier abstecken oder hatte er von sich aus den Drang, mich in seiner Nähe zu wissen?

»Ich mag ihn nicht.«

»Ach was? Das habe ich mir jetzt gar nicht gedacht, es kam mir vor, als wärt ihr wie Brüder.« Max schnaubte und ich musste grinsen. »Wieso müssen Männer sich immer gegenseitig ausboten und übertrumpfen?«

»Weil es in unserer Natur liegt.«

Wir blieben vor der Tafel stehen und ich spürte immer noch, dass Christian uns beobachtete. »Du meinst also, ihr könnt nichts dagegen tun?«

Max wandte sich zu mir. Der Muskel an seinem Kiefer zuckte, als er mich ansah und meinen Nacken mit der Hand umfasste. Besitzergreifend. Dominant. Und wirklich unfassbar heiß. Ich war eine selbstständige Frau, die genau wusste, was sie wollte, aber ich konnte nicht abstreiten, dass Max' Art mich um den Verstand brachte. »Du hast nichts zu befürchten. Mal davon abgesehen, dass wir nicht wirklich zusammen sind, würde ich auf der Hochzeit deines Bruders nichts mit einem anderen anfangen. Außerdem haben wir einen Deal.«

»Das Geld«, knurrte er und sein Griff wurde fester. Das Pochen in meinem Unterleib nahm zu. Gott, was wollte ich diesen Mann.

»Das Geld«, gab ich ihm mit der gleichen Härte zurück.

Sein Blick wanderte auf meine Lippen und die Anziehung, die von ihm ausging, war unerträglich. Er war unerträglich. Seine bloße Anwesenheit raubte mir die Luft zum Atmen. Ich wusste genau, was er wollte. Ein Kuss und der wäre nicht nur dafür da, Christian zu zeigen, wer mich besaß, sondern es steckte viel mehr dahinter. Max hatte Angst, etwas zu verlieren, von dem er nicht einmal wusste, dass er es gewollt hatte. Tatsächliche, wirkliche Zuneigung. Sein ganzes Leben war voll von oberflächlichen Bekanntschaften. Er wollte mich, weil sich das zwischen uns echt anfühlte. Weil ich es auch spürte. Weil mir genauso wenig bewusst gewesen war, dass ich etwas Ehrliches, Echtes vermisste.

»Jetzt küss mich verdammt noch mal, Max«, wisperte ich und seine Augen ruckten nach oben zu meinen. Er wägte ab, war viel zu sehr mit seinem Kopf dabei, sodass es mich fast rasend machte. Ich war kurz davor, ihn vor all diesen Menschen zu packen und mir selbst zu holen, was er mir verweigerte.

»Nein.« Sein geknurrtes Wort stand heftig pulsierend zwischen uns. »Ich werde dich nicht küssen.« Wieso, stand in meinem Blick geschrieben. Er zog mich noch ein wenig näher zu sich heran. Sein Atem brach auf meiner Haut und ich unterdrückte den Drang, die Augen zu schließen. »Weil ich dann nicht wieder damit aufhören kann.«

Ich schluckte und als Max mich langsam losließ und in seinen Blick die gewohnte Beherrschtheit zurückkam, wusste ich nicht mal mehr meinen Namen.

21

Max

Ian und Lizzy waren aufgetaucht und hatten den Bann zwischen uns gebrochen. Sie begrüßten alle durch ein Mikrofon und baten, die Plätze einzunehmen. Während wir an unserem Tisch darauf warteten, dass sich alle anderen Gäste hinsetzten, hatte ich nur daran gedacht, wie Ivy schmeckte und sich unter mir anfühlen würde. Während sie locker mit Deborah, Mona und einem anderen Pärchen scherzte, die natürlich direkt bei uns saßen, war die Härte meines Schwanzes unerträglich. Ich konnte kaum noch sitzen, geschweige denn ihre Nähe ertragen, ohne dass ich bald meine Beherrschung verlieren würde. Meine Hände hatte ich zu Fäusten geballt auf meinen Oberschenkeln abgelegt und versuchte, mich auf einen weit entfernten Punkt zu konzentrieren und nicht auf den unwiderstehlichen Duft, der von Ivy jedes Mal ausging, wenn sie sich bewegte. Der Klang ihres Lachens ließ mich unterdrückt aufseufzen. In der Vergangenheit war ich noch niemals so verrückt nach einer Frau gewesen und der Umstand, dass ich sie nicht haben konnte, machte das alles nur noch unerträglicher.

»Wie es aussieht, ist das mein Platz.« Christian zog sich den Stuhl neben Ivy heraus und ich war kurz davor, aufzustehen, und ihn von unserem Tisch wegzuzerren. Fuck. Wann war ich so unbeherrscht geworden? Normalerweise konnte mir niemand in die Karten sehen, aber dabei ging es auch ums Geschäft. Die Sache mit Ivy war etwas anderes. Etwas, mit dem ich niemals gerechnet hätte, als ich sie um diesen Deal gebeten hatte. Vor allem entglitt mir meine gewohnte Kontrolle immer mehr.

Sie warf mir einen kurzen Blick zu, aber ich war viel zu beschäftigt damit, meine Beherrschung zu bewahren, als dass ich ihn erwidern konnte. Christian lehnte sich ein Stück vor. »Tut mir leid wegen vorhin. Ich hab keine Ahnung, was über mich kam«, sagte er leise zu uns. Ich sah ihn an, aber verzog keine Miene. Ich wusste genau, was für ein Spiel er spielte. Er hatte jedes Wort genau so gemeint, aber wenn er hier den großartigen Gönner spielte, schätzte er sich bessere Chancen bei Ivy ein, denn er wollte sie. Ich sah es an den Blicken, die er ihr zuwarf und die mir ganz und gar nicht gefielen. Christian war ein schlechter Verlierer und nicht der perfekte Schwiegersohn, den er allen vorspielte. Ich erkannte die Dunkelheit in ihm, weil ich diese von mir kannte. Doch er spielte mit dem Falschen, denn meine war noch um ein Vielfaches düsterer als seine.

»Ist schon in Ordnung, ich kann verstehen, wenn ein anderer Mann Interesse an Ivy entwickelt. Sie ist eine faszinierende Frau.« Ich sah sie an und sie atmete flacher, als meine Hand ihren Oberschenkel fand. Leicht strich ich über den Chiffon ihres Kleides. »Und deshalb kann ich mich glücklich schätzen, sie an meiner Seite zu wissen.« Deborah und Mona gaben ein Seufzen von sich, doch Christian war die unterdrückte Botschaft in meinen charmant gesäuselten Worten klar. Ivy war mein Mädchen. Und nicht erst, seitdem ein Penner mit einem Verführerlächeln aufgetaucht war und sie mir streitig machen wollte. Ich wusste es schon von Anfang an.

»Selbstverständlich. Vielleicht schenkt mir Ivy nur einen einzigen Tanz?« Ich raffte den Stoff ihres Kleides verdeckt von der Tischdecke zusammen. Als meine Haut auf ihre traf und ich ganz sachte mit den Fingerspitzen über ihren Oberschenkel strich, spürte ich, wie sie diesen anspannte. Ich konnte mich nicht mehr zurückhalten, ich musste sie fühlen. Nur ein winziges Bisschen von ihr, soweit es in dieser Situation möglich war. Na gut, ich musste zugeben, ein Stück weit wollte ich sie als Mein brandmarken, doch vor allem konnte ich ihr einfach nicht widerstehen.

»Natürlich, gegen einen Tanz hat Max sicherlich nichts«, sagte sie gespielt locker, aber ich hörte das unterdrückte Zittern, weil meine Hand sie nun eindringlicher streichelte. Es war zwecklos, dagegen anzukämpfen, und auch sie machte keine Anstalten, mich von ihr wegzudrücken. Im Gegenteil. Als meine

Handfläche zu ihrem Innenschenkel glitt und ich die seidige Haut dort spürte, spreizte sie ein wenig mehr die Beine. Fuck, ich war kurz davor, durchzudrehen. Wieso tat ich mir selbst diese Qual an? Die Unterhaltung am Tisch wurde von allen wieder aufgenommen, nur Ivy hielt sich dieses Mal raus und lächelte beherrscht in die Runde. Ich sah, wie ihre Brust sich schneller unter ihren tiefen Atemzügen hob, als die Spitze meines Zeigefingers die Seide ihres Höschens berührte. Das Höschen, das ich bezahlt hatte. Ich hatte mich schon die gesamte Zeit gefragt, welche Unterwäsche sie trug. Ich lehnte mich zu ihr und führte meine Lippen an ihr Ohr, während ich sanft über die Seide strich. Ihr geschwollener Kitzler drückte sich durch den Stoff und ich umkreiste ihn zart.

»Gute Wahl«, hauchte ich in ihr Ohr und sie erschauerte. »Soll ich weitermachen?« Ich musste es einfach wissen. Ganz langsam nickte sie und ein Lächeln breitete sich auf meinem Gesicht aus. Die Grenze war nun sowieso überschritten, es gab kein Zurück. Der Point of no Return war erreicht. Ich tastete an den oberen Saum ihres Höschens und glitt mit den Fingern darunter. Weiche Haut und heiße, unglaubliche Nässe empfingen mich. Ich presste die Lippen aufeinander. Keiner am Tisch ahnte, was ich hier trieb und ich spürte an der Reaktion ihres Körpers, dass Ivy dieser Umstand unglaublich heißmachte. Ich bereute nur, nicht ihr Stöhnen hören zu können, als ich durch ihre Schamlippe strich und die

Spitze meines Mittelfingers in ihr versenkte. Sie war perfekt, weich, feucht und bereit nur für mich. Mein Herz wummerte heftiger, als ich meinen Finger tiefer in sie schob und sie sich in den Stuhl krallte. Ich lehnte mich ein Stück zurück, als würde mich die Unterhaltung langweilen, dabei konnte ich nur Ivy in dieser Position noch besser berühren.

»Und was sagen Sie dazu, Ivy?«, fragte Deborah und alle sahen sie aufmerksam an. Ich unterdrückte mein Schmunzeln, zog meinen Finger aus ihr und umkreiste ihren Kitzler mit trägen Bewegungen.

»Tut mir leid, ich habe leider nicht aufgepasst. Wie war die Frage?«

Fast hätte ich Christian einen triumphierenden Blick zugeworfen, aber darum ging es gerade nicht. Es ging nur darum, Ivy um den Verstand zu bringen, und ich war kurz davor, es geschafft zu haben.

Als sie antwortete, wie sie die Hochzeit und die Übernachtung in den Zelten fand, spürte ich auf einmal ihre Hand auf meinem Schritt. O nein. Sie drückte die Beule und strich mit der Handfläche darüber. Immer und immer wieder. Auf und ab. Auf. Und. Ab. Verdammt, das konnte sie mir nicht antun. Auf einmal hatte ich keine Ahnung mehr, welcher Verstand nun auf dem Spiel stand. Ich lehnte mich nach vorne und griff mit meiner freien Hand nach ihrer, um sie zu stoppen. Gleichzeitig zog ich langsam meine Finger aus ihrem Höschen und warf ihr einen warnenden Blick zu. Sie wandte sich schmunzelnd an mich.

»Alles okay?«, hauchte sie und ich formte die Augen zu Schlitzen.

»Selbstverständlich. Bei dir? Deine Wagen sind so gerötet«, flüsterte ich leise und sie biss sich auf die Unterlippe.

In dem Moment kam die Vorspeise und mit einem tiefen Atemzug lehnte ich mich zurück, während ich die Zeit zählte, bis ich mit Ivy endlich verschwinden konnte.

***

Nach dem Abendessen wurde die Tanzfläche eröffnet, aber auch wenn Christian erneut um einen Tanz bat, den ersten würde ich mir nicht von ihm streitig machen lassen. Ivy lag in meinen Armen und ich führte sie geschickt über das Parkett. Ich hatte nicht immer tanzen können, aber in meinem Job musste man an gewissen gesellschaftlichen Events teilhaben und es schadete nicht, wenn man dabei ein paar Schritte draufhatte. Was ich immer als lästige Pflicht empfunden hatte, fühlte sich auf einmal völlig anders an.

Ich zog Ivy noch enger an mich, umfasste mit einer Hand ihre Taille und rutschte hinunter bis zum Ansatz ihres hübschen Pos. Die andere umfasste ihre Finger und hielt sie dicht bei mir. Mit einem sanften Lächeln legte sie ihren Kopf an meine Brust und seufzte leise auf, als wäre dieser Moment der beste in ihrem Leben.

Ich war mir sicher, dass sie meinen schnellen Herzschlag hörte. »Wie gefällt es dir bis jetzt?«, fragte ich unverbindlich und spürte ihren schönen Körper in meinen Armen. Mit der Hand an ihrem unteren Rücken drückte ich sie noch ein wenig enger an mich. Die Zeit des Abstands war vorbei und das wussten wir beide.

»Wenn ich ehrlich bin, unerwartet gut.« Sie sah mich wieder an und ein Schmunzeln trat auf ihre Lippen, ehe sie in Richtung Ian und Lizzy sah, die ein Stück weit entfernt ebenfalls tanzten. Ich folgte ihrem Blick und Ian nickte mir zu. Er sah glücklich aus und allein, um diesen Ausdruck zu sehen, hatte sich die Fahrt hierher gelohnt.

»Vielleicht war meine Meinung über Lizzy nicht zu hundert Prozent korrekt«, gestand ich und Ivys Aufmerksamkeit galt erneut mir.

»Wie bitte? Habe ich mich gerade verhört, oder hat der großartige Max tatsächlich zugegeben, dass er sich geirrt hat?«

Ich musste grinsen. »Auch wenn du es dir nicht vorstellen kannst, ich kann Fehler zugeben, wenn ich sie mache.« Ich drückte sie blitzartig von mir und drehte sie im Kreis, ehe ich sie zurück in meine Arme zog. Ihr Kichern war Musik in meinen Ohren. »Aber normalerweise begehe ich keine.«

»Natürlich nicht.« Ihr Blick flog zu meinen Lippen und auch ich ertrug die Spannung kaum noch.

»Du weißt, dass ich Christian nicht mit dir tanzen lasse.« Es war eine Feststellung, keine Frage.

»Denkst du, er könnte dir gefährlich werden?«, erwiderte sie herausfordernd und meine Hand strich ein Stück hinunter bis zu ihrem Po, aber nicht so weit, dass wir wegen unsittlichem Verhalten rausgeschmissen wurden. Sie schnappte nach Luft.

»So lange ich dir diese Reaktion mit einer einzigen Berührung entlocken kann, nicht, nein. Er ist keine Konkurrenz.«

»Ich habe fast vergessen, wie arrogant du bist«, sagte sie amüsiert.

»Das hat nichts mit Arroganz zu tun, sondern mit Realismus.« Sie lachte kurz auf, als hätte sie einen Witz gehört, den ich verpasst hatte.

»Das habe ich auch zu meiner Freundin Low gesagt.«

»In Bezug auf?«

»Uns.« Sie zögerte, als wüsste sie nicht, ob sie sagen sollte, was ihr auf der Zunge lag. »Dass wir in zwei verschiedenen Welten leben und es niemals wirklich funktionieren könnte.« War das so? Sah sie mich wirklich so weit von sich entfernt? Sie räusperte sich, als hätte sie deutlich zu viel gesagt. »Aber das hier ist ja nur ein Deal, kein richtiges Date, also müssen wir uns darüber keine Gedanken machen.«

Meine Hand glitt ihren Arm entlang und griff nach ihren Fingern. »Komm mit«, sagte ich knapp. Aus einem unerfindlichen Grund wollte ich ihr zeigen, dass wir uns mehr ähnelten, als sie annahm. Ich war nicht in dieses elitäre Leben hineingeboren worden. Ich hatte es mir hart erarbeitet und sah auch an Ivy, dass sie diese Art von Ehrgeiz zeigte. Sie wollte es alleine schaffen, aus eigener Kraft.

Ich zog sie durch die tanzenden Menschen und weiter an den Zelten vorbei, bis wir Ians Haus erreichten und ich die Scheune ansteuerte. Ich war bereit, sie ein Stück mehr in mein Leben zu lassen, weil ich tatsächlich Angst hatte, diese Sache hier könnte nach der Hochzeit beendet sein. Sie hatte Zweifel, was uns betraf, und das war okay, denn die hatte ich auch. Aber vielleicht konnten wir diese beiseiteschaffen. Gemeinsam? Wer wusste das schon, aber ich war zum ersten Mal bereit, es herauszufinden.

Ein leises Stimmchen in meinem Kopf sagte mir, dass ich nicht so naiv sein sollte. Es würde nicht funktionieren und das nicht, weil ich mehr Geld hatte als sie, sondern aus ganz anderen Gründen. Doch irgendwie fühlten sich diese Momente mit ihr hier an wie in einem Paralleluniversum. Als wäre ich ein stinknormaler Typ, der eine wunderschöne Frau zu einem Date ausführte.

»Wo sind wir hier? So beginnen Horrorfilme. Der charmante, gut aussehende Millionär entpuppt sich als Serienkiller, der Frauen in Scheunen schleppt und …«

»Du findest mich charmant?«, fragte ich amüsiert und hielt an der Tür inne. Sie grinste zurück.

»Eigentlich nicht, du hast recht.«

»Dann also gut aussehend?« Sie verdrehte seufzend die Augen und ich kam ihrem Gesicht so nahe, dass ich sie hätte küssen können. »Du musst nichts erwidern, die Röte auf deinen Wangen reicht mir als Antwort.«

Lachend zog ich mich zurück und öffnete eine Flügeltür der Scheune. Der muffige Geruch raubte mir erneut die Luft zum Atmen, bis er durch die geöffnete Tür verflogen war und mein Blick auf den Buick fiel.

»Was ist das?« Ich hielt ihr die Hand hin und sie trat ein. Hinter ihr schloss ich die Tür und schaltete ein summendes Deckenlicht an. Irgendwie wirkte es gemütlich, man könnte einiges aus diesem Ort machen und so wie ich Lizzy einschätzte, hatte sie das auch vor.

Ich zog Ivy in die Mitte und entfernte mit einem Ruck die Plane, die das Auto abgedeckt hatte. »O wow, ein Auto«, erwiderte sie wenig begeistert und ich öffnete ihr die Beifahrertür.

»Steig ein«, sagte ich sanft und sie rutschte auf den Sitz. Ich folgte ihr und nahm auf dem Fahrersitz Platz. Erneut strichen meine Hände wie automatisch über das abgenutzte Leder des Lenkrads. »Was ist das hier?«

»Das ist mein altes Auto. Ian hat mich damit vorhin überrascht.«

»Deshalb warst du so lange weg!«, stellte sie fest und drehte sich mir auf dem Sitz zu. Ich nickte.

»Er hat ihn von unserer alten Nachbarin.« Ich wich ihrem Blick aus, weil ich nicht wusste, ob ich wirklich schon bereit war, ihr alles zu erzählen. Sie spürte meine Unsicherheit und griff nach meinen Fingern. Unsere Hände verhakten sich ineinander. Ich hauchte ihr einen Kuss auf die Knöchel und legte sie auf meinem Oberschenkel ab. »Ian und ich waren allein, nachdem unser Dad eines Tages einfach verschwunden ist.«

»Gott, Max, das tut mir leid. Wo war eure Mom?«

Die Erinnerungen an sie fühlten sich immer noch an wie glühende Eisen, die sich durch mein Innerstes fraßen. »Sie ist früh gestorben und Dad hat die Kurve nicht gekriegt.« Jetzt gab es kein Zurück mehr. Ich wollte ihr zeigen, wer ich wirklich war, also musste ich die bittere Galle, die sich in meiner Kehle bildete, hinunterschlucken und es ihr erzählen. »Wir kamen in eine Pflegefamilie, die noch beschissener war als unser Zuhause. Die darauf war nicht besser, aber wenigstens haben sie Ian und mich nicht getrennt. Irgendwann sind wir abgehauen.« Ich wagte es, sie anzusehen, und ihr Blick war sanft, aber nicht mitleidig. Mitleid hätte ich als Letztes ertragen.

»Wie alt wart ihr da?«

»Ich war fünfzehn und Ian zwölf.« Ich atmete tief durch. »Irgendwann nach zwei Tagen Fußmarsch fanden wir ein leer stehendes Haus in einem Vorort von New York. Es ging drei Jahre gut, bis sie herausfanden, dass wir zwei Minderjährige waren, die allein in einem verlassenden Haus lebten. Unsere Nachbarin, Mrs Fleming, die, bei der das Auto stand, hat uns regelmäßig selbst gekochtes Essen vorbei gebracht, obwohl sie genauso arm war wie wir.«

»Das klingt sehr nett.«

»Das war sie.« Ich strich erneut über das Lenkrad. »Und diese alte Kiste hier hat ihrem verstorbenen Mann gehört. Sie hat sie uns überlassen. Zwei Kindern.« Ich lachte bitter auf und schüttelte den Kopf. »Dieses Auto war mein allererster Besitz. Ich hatte vorher noch nie etwas so Großes besessen. Abgetragene Schuhe und alte Klamotten waren das höchste der Gefühle.«

Sie zog die Luft ein, als wäre ihr nun einiges klarer. »Und jetzt schau dich an, du hast es geschafft«, wollte sie mich ermutigen, aber ich schenkte ihr nur ein kleines Lächeln. Ich besaß mittlerweile tatsächlich so viel, dass ich es kaum zählen konnte. »Früher hatte ich gedacht, dass Geld mich endlich glücklich machen würden.« Ein Schnauben entwich mir.

»Was ist passiert?«

»Es wurde mir klar, dass ich das Wichtigste im Leben nicht kaufen kann. Ian hat mit fünfzehn mit den Drogen angefangen und ich habe es nicht geschafft, ihn davon fernzuhalten. Er brauchte Geld und ist in einen Laden eingebrochen. Dadurch kamen sie uns auf die Schliche und natürlich habe ich mit achtzehn und nach der Sache mit dem Haus nicht sein Sorgerecht bekommen. Er kam erneut in eine Pflegefamilie und dort wurde es nur schlimmer. Ich dachte, wenn ich hart arbeite und mir etwas aufbaue, wird das dem beschissenen System zeigen, dass ich für Ian sorgen kann. Als ich zwanzig war, durfte Ian ein Jahr auf Probe bei mir leben. Ich zwang ihn zu einem Entzug, aber unser Verhältnis war nie wieder dasselbe. Er ist immer wieder rückfällig geworden und ich musste hilflos mit ansehen, wie seine Seele immer weiter starb und meine dabei mitnahm«

Ivy drückte meine Finger fester. »Ich war auch in einer Pflegefamilie«, gestand sie plötzlich und mein Blick ruckte zu ihr. Sie nickte, als müsste sie ihre Worte noch mal bekräftigen. »Meine Eltern waren toll. Zumindest immer dann, wenn mein Vater nicht trank.«

»Scheiße, Ivy …« Ich wusste nicht, was ich darauf erwidern sollte.

»Er war nicht handgreiflich oder so, auch meiner Mom gegenüber nicht. Aber er war ein Tyrann. Ich durfte noch nicht einmal Musik zu Hause hören, weil er das nicht ertragen hat. Als ich siebzehn war, hatten wir einen riesigen Streit, weil ich auf eine Party wollte, aber mein Dad mich nicht gelassen hat. Mom und er wollten eine Woche zu ihrer Familie nach Kanada fliegen, um etwas Ruhe zu bekommen. Es war eine kleine Maschine.« Sie schluckte und ich zog sie an mich. Sie krabbelte auf meinen Schoß und ich schob ein Stück den Sitz zurück, sodass sie Platz hatte. Mit den Händen umfasste ich ihr Gesicht. »Das Flugzeug hat kaum den Boden verlassen. Ein Vogel ist in die Turbinen geflogen und …« Traurigkeit überzog ihre Züge und ich drückte sie an mich, rieb ihr tröstend mit den Daumen über die Wangen.

»Das tut mir leid«, flüsterte ich, als sie ihren Kopf gegen meine Schulter legte und sich fest in meine Arme drückte. Die Nähe und der Trost, den wir uns gegenseitig spendeten, waren mehr, als ich jemals in meinem Leben gehabt hatte.

Plötzlich hingen nicht nur Trauer und alte Erinnerungen in der Luft, sondern auch etwas anderes. Dringlichkeit. Sie drehte ihren Kopf und presste die Lippen auf meine, als bräuchte sie diesen Kuss wie die Luft zum Atmen. Ich umfasste ihren Hinterkopf und drückte sie enger an mich. Als sie die Lippen öffnete, tauchte ich mit meiner Zunge in ihren Mund und ihre kam mir entgegen. Lust und Verlangen loderten heiß von meinem Kopf bis zu meinen Fußspitzen durch meinen Körper. Sie kippte ihr Becken und begann, es auf mir zu bewegen. Durch den Stoff der Jeans spürte ich sie und seufzte in den Kuss, der an Intensität noch weiter zunahm. Meine Hände fuhren ihre Oberschenkel entlang und drückten sie an ihrem Po noch enger auf meinen Schwanz, der unter ihr immer härter wurde. Sie begann, mein Hemd aufzuknöpfen, und fuhr mit den Fingern unter den Stoff. Gott, ihre Berührungen hatten etwas Verzweifeltes an sich, das auch ich tief in mir spürte.

Wieder und wieder rieb sie sich an mir, keuchte und stöhnte und nahm mir damit völlig die Kontrolle. »Ich will dich, Max«, wisperte sie zwischen unseren Küssen und fuck, ich wollte sie genauso sehr.

Ich fuhr zu ihrem Höschen und rieb sie über dem Stoff, während sie meine Hand ritt und wunderschöne Laute ausstieß, die mich bald selbst wie ein Teenager in meine Hose kommen lassen würden. »Du bist so schön«, raunte ich und umfasste mit der anderen Hand ihren Nacken, an dem ich sie enger gegen meine Mitte drückte.

Mit zittrigen Fingern begann sie, meinen Gürtel und meine Hose zu öffnen. Sie tauchte in meine Boxershorts ein und umfasste meinen Schwanz, während ich mit dem Daumen immer wieder über ihren geschwollenen Kitzler rieb. Sie drückte meine Spitze und verrieb den Lusttropfen, der sich nur wegen ihr dort gebildet hatte.

»Max, bitte«, flehte sie. »Ich muss dich in mir spüren! Jetzt!«

Ich schob den Stoff ihres Höschen zur Seite und versenkte einen Finger tief in ihr. Ab sofort durfte sie nur noch Kleider tragen. Sie senkte ihren Kopf und küsste mich erneut, während wir uns gegenseitig Befriedigung verschafften. Doch es reichte nicht aus. Sie hatte recht, ich wollte unbedingt in diese heiße Nässe tauchen, die nur für mich bestimmt war.

»Du bist die schärfste, leidenschaftlichste Frau, die ich jemals gedated habe«, faselte ich sinnloses Zeug.

Sie keuchte, als ich meinen Finger knickte und einen Punkt in ihr berührte, der sie zum Zittern brachte. »Wir daten nicht, schon vergessen?«

»Oh, und wie wir das tun«, knurrte ich und rieb erneut über den Punkt. Sie zog ihre Hand zurück und krallte sich in meine Schultern, während sie aufschrie. »Ab sofort teile ich dich mit niemandem.« Immer ekstatischer ritt sie meine Hand und ich wünschte, es wäre mein Schwanz. Sie war so unfassbar perfekt. Meine freien Finger glitten in ihre Haare und bildeten eine Faust. Sie stöhnte lauter und sah mir so tief in die Augen, dass ich fast allein aufgrund dieses Blickes gekommen wäre. »So gerne ich jetzt tief in dir wäre und dich um den Verstand vögeln würde, wir haben keine Kondome. Ich habe nicht zu träumen gewagt, dass wir diese brauchen würden.« Das Bedauern schwang unüberhörbar in meiner Stimme mit.

Ivy seufzte auf und ihre Nägel gruben sich tiefer in meine Haut, während ich das erste Zucken ihrer Mitte an meinem Finger spürte. »Zelt. Jetzt«, keuchte sie und ich runzelte die Stirn. »Low hat mir welche eingepackt.«

Ich zog ihren Kopf zu mir und schenkte ihr einen leidenschaftlichen Kuss, ehe ich mich von ihr löste. »Verdammte Zelte. Ich werde dich knebeln müssen, bevor ich tief in dir bin, damit uns nicht die gesamte Hochzeitsgesellschaft hören wird«, raunte ich knapp vor ihren Lippen und Ivy schnappte nach Luft.

22

Ivy

Wir schafften es keine zwei Meter, ohne uns wieder küssen zu müssen. Max zog mich durch die Zelte und mit so großem Abstand wie möglich an dem Bereich der Party vorbei, damit uns niemand aufhalten konnte. Ich wollte ihn nach seinem Geständnis und der Verbindung, die ich dadurch gespürt hatte, nur umso mehr.

Wobei es mir schon beim Dinner klar geworden war, wie der Abend heute endete. Aber dass er sich mir so offenbarte, damit hatte ich nicht gerechnet.

Ich verstand seinen Schmerz und so langsam auch, weshalb er so geworden war. Seitdem er seine Zurückhaltung mir gegenüber abgelegt und mir etwas Vertrauen geschenkt hatte, war mir klar gewesen, dass hinter der harten Schale ein ziemlich toller Mann steckte. Verdammt. Trotz allem wollte ich mich nicht verlieben und das hier war nur zur Befriedigung unserer körperlichen Gelüste gedacht, die so stark waren, dass es kaum noch einer von uns aushielt.

Max schob mich in unser Zelt und nur eine Sekunde, nachdem er den Eingang verschlossen hatte, stürzte er sich auf mich und drückte mich zum Bett. Seine Hand in meinem Nacken und seine Küsse waren dominant und unfassbar heiß, sodass ich fast von ganz allein meine Klamotten von mir schmiss. Er drückte mich auf die Matratze und schob mein Kleid meine Oberschenkel nach oben. Nachdem er mir einen dunklen Blick geschenkt hatte, küsste er eine Spur nach oben zu meiner Mitte und zerrte ungehalten an meinem Höschen, das er danach in die hintere Tasche seiner Jeans steckte, als wäre es eine gewonnene Trophäe.

»Ich hab mir vorgestellt, was du dir von meinem Geld gekauft hast«, knurrte er und ich spürte seinen heißen Atem an meiner nackten Haut. »Aber ich habe nicht gedacht, dass mich der bloße Gedanke daran so durchdrehen lässt.«

»Ich hab noch ein paar Stücke in petto«, keuchte ich, als sein Mund meinen Kitzler traf und seine Zunge Kreise darum fuhr. Gott, war das gut! Meine Hände fanden in seine Haare und krallten sich daran fest. Was er mit mir anstellte, war besser als alles, was ich jemals zuvor erlebt hatte. Dieser Mann war heiß *und* gut im Bett. Jackpot. Was wollte eine Frau für etwas Unverbindliches mehr?

Sein Finger schob sich in mich und berührte den gleichen Punkt, der mich eben schon in der Scheune um meinen Verstand gebracht hatte. Ich bäumte mich auf und mein Stöhnen wurde lauter, ohne dass ich es verhindern konnte. Max hörte auf und ich sah überrascht auf. Meine Atmung war genauso schwer wie meine Lider.

Auf seinen Lippen lag ein Schmunzeln. »Wenn du nicht willst, dass Christian hört, was ich mit dir anstelle, dann musst du leiser sein.«

»Er ist mir egal«, erwiderte ich ernst und die Lockerheit verschwand aus seinem Blick. Als hätte er immer noch daran gezweifelt, dass ich ihn wollte und keinen anderen. Er kam nach oben und legte sich auf mich. Der Stoff seiner Jeans und die eindeutige Beule dahinter drückten gegen meine Mitte, als wir uns aufeinander bewegten, als wäre er bereits in mir. Wir küssten uns wild und leidenschaftlich, während Max den Träger meines Kleides hinunterzog und meine Brust mit einer Hand umfasste. Sein Daumen umkreiste hart meine Brustwarze und ich war mir sicher, wenn er weitermachte, würde ich an Ort und Stelle kommen.

»Moment.« Keuchend drückte ich gegen seine Brust und er zog sich fragend zurück.

»Alles okay?«

Ich musste lächeln, denn er war wirklich aufmerksam. »Seitentasche meines Koffers.«

Ohne dass ich mehr sagen musste, verstand er und sprang mit einem Satz vom Bett. Ich rekelte mich auf den Laken, während er mich nur mit seinem tiefen Blick verschlang. »Zieh dich ganz aus«, wies er mich an und das ließ ich mir nicht zweimal sagen. Ich erhob mich ein Stück und zog mein Kleid in einer einzigen fließenden Bewegung von mir. Mein BH folgte und ich lag nackt und völlig ungeschützt auf dem Bett. Ich hätte mich ausgeliefert fühlen sollen, stattdessen fühlte ich mich sicher.

»Jetzt bist du dran. Zeig mir endlich deinen gestählten Körper, der noch nicht mal Kompromisse wie Mayonnaise machen kann«, machte ich einen Witz, weil ich im Grunde nicht wirklich mit dem umgehen konnte, was unter seinen Klamotten steckte, und furchtbar nervös war. Mit einem Schmunzeln zog er sich das Hemd über den Kopf und die Hose über seine trainierten Oberschenkel nach unten. Er war ein verdammtes Kunstwerk. Ich erhob mich auf meine Knie und rutschte näher an den Bettrand. Sanft küsste ich die Wölbungen seiner Bauchmuskeln, fuhr mit den Händen über seine weiche Haut. Es fühlte sich an, als wäre Seide über Stahl gespannt. Ich fühlte, berührte und genoss ihn, bis er keuchte, als mein Mund das V und den Bund seiner Boxershorts erreichte. Seine Hand fuhr in meine Haare und zog mich ein Stück zurück.

»Dafür ist später noch Zeit und die werden wir uns definitiv nehmen«, raunte er dunkel, bückte sich hinunter und gab mir einen sanften Kuss, ehe er sich von mir löste und meinen Koffer ansteuerte. Er hatte recht. Genug mit Vorspiel.

Als er zurückkam und sich der Boxershorts entledigte, klopfte mein Herz bis zum Hals. Er ließ mich nicht aus den Augen, als er schleichend wie auf der Jagd zu mir auf das Bett kletterte und mich nach hinten drängte. Wir küssten uns zuerst langsam, ehe er kurz innehielt, um das Kondom überzuziehen. Ich hatte Low ausgelacht und ihr eine Nachricht geschrieben, dass sie verrückt war, als ich das Päckchen gefunden hatte. Aber jetzt dankte ich ihr von ganzem Herzen.

Ich schlang die Beine um seine Hüften und er fuhr mit den Händen meinen Oberschenkel lang, während er sich absenkte. Leicht spürte ich seine dicke Spitze an meinem Eingang und keuchte auf, als er sich ein Stück in mich schob. »Du bist unglaublich«, raunte er und hielt inne.

»Ich gehöre dir«, flüsterte ich, obwohl mir die Bedeutung meiner Worte nicht wirklich klar war. Sie sprudelten einfach aus mir heraus, das Gefühl überwältigte mich völlig. Mit einem tiefen Stoß versenkte er sich in mir und wir stöhnten beide auf. Es war egal, wer uns hörte. Das Einzige, das zählte, waren er und ich. *Wir*.

Max nahm mich mit voller Leidenschaft und ich kam ihm mit der gleichen Intensität entgegen. Es war unglaublich, wie schnell sich das Gefühl meines Höhepunktes in mir aufbaute, aber ich zögerte es so lange heraus, wie es ging, weil ich nicht wollte, dass es vorbei war. Max verlagerte sein Gewicht, seine Brust drückte gegen meine, Schweiß sammelte sich zwischen uns, während er immer wieder in mich stieß und meine Schreie mit seinen Küssen schluckte. Unsere Bewegungen waren wie in einer perfekten Choreografie aufeinander abgestimmt. Ich hob ihm mein Becken entgegen und er keuchte, während er mich so tief und hingebungsvoll nahm wie noch kein Mann zuvor.

Als der Orgasmus sich auftürmte und wie bei einer riesigen Welle über mich hinweg schwappte, hatte ich keine Ahnung mehr, wo ich mich befand oder wer ich war. Max verlängerte meinen Höhepunkt mit seinen Berührungen, Stößen und Küssen so lange, bis ich mich an ihm festkrallte, weil ich nicht mehr konnte. Erst dann folgte er mir mit einem langen, dunklen Seufzen. Sein Gewicht drückte auf mich, als er sich ein Stück fallen ließ und wir beide zu Atem kommen mussten. Sanft streiften seine Finger durch meine Strähnen und meine über seinen Rücken.

Ich hatte geahnt, dass es gut werden würde, aber wie gut, hätte ich mir nicht vorstellen können. Es war nicht nur, weil Max ein attraktiver und erfahrener Mann im Bett war, sondern das hier war mehr. Genau das Mehr, vor dem meine Furcht mit voller Wucht zurückkam. Nur wenn man etwas hatte, konnte man es verlieren, also war es besser, sich auf nichts einzulassen, das mein Herz endgültig zerstören konnte. Nach einem tiefen Atemzug drückte ich mich unter ihm hinweg und er rollte sich auf den Rücken. Ich wandte mich ab, damit er das Kondom entsorgen konnte. Schnell schnappte ich mir ein paar meiner Klamotten, die auf dem Boden verteilt lagen, und zog eine Shorts und ein Top drüber. Ich blieb vor dem Bett stehen und band meine Haare mit einem Haargummi zusammen, während ich ihn betrachtete, als er sich zu mir umwandte. Seine Augen trafen meine und ich vergaß das Atmen.

»Ich geh mich kurz frisch machen.«

»In den Shorts? Vor allen Gästen?« Er zog eine Augenbraue hoch und ich musste grinsen.

»Das hatte ich vor.«

Blitzschnell erhob er sich und zog mich zurück in die Laken. Ich musste lachen, als er seinen Mund an meinen Hals setzte und mich sein Atem kitzelte. »Auf gar keinen Fall«, brummte er an meiner Haut und ich versuchte, mich unter seinem riesigen Körper zu befreien, was mir kein bisschen gelang.

»Lass mich los!«, rief ich lachend. »Das sind unfaire Mittel!«

»Niemand hat gesagt, dass ich fair spiele. Ich gewinne immer, schon vergessen?«, raunte er. Als er mich daraufhin ansah, erkannte ich das amüsierte Funkeln in dem hellen Grau seiner Augen und versank erneut in seinem intensiven Blick. Gott, was hatte er nur an sich, dass ich mich ständig selbst in seiner Gegenwart vergaß? Er spürte den Wechsel der Stimmung genauso wie ich und begann, meinen nackten Oberschenkel nach oben zu streicheln. Seine Finger berührten sanft meine Innenschenkel und trafen erneut auf meine brennende Mitte. Ich stöhnte auf.

»Diese Shorts haben mich schon beim ersten Blick auf sie verrückt gemacht.« Seine Stimme war rau und heiser. Mein Vorsatz, Abstand zu ihm und diesem

Gefühl zu gewinnen, löste sich in Luft auf, als ich ihn spontan und leidenschaftlich küsste und er meinen Kuss mit voller Hingabe erwiderte.

23

Max

Im Schutze der Nacht gab es keinen Augenblick, in dem wir uns nicht berührten, küssten oder schmeckten. Ich konnte mich nicht daran erinnern, wann ich das letzte Mal in meinem Leben so einen Sturm an Gefühlen gespürt hatte. Ob ich das überhaupt schon mal jemals hatte? Bestimmt nicht.

Es war nicht nur die Lust, die heiß in meinen Adern pochte und mich förmlich zu versengen drohte, oder der Drang, immer und immer wieder in Ivys perfekter, feuchter Hitze zu versinken, es war mehr als das. Doch als die Sonne aufging und das Innere des Zeltes erhellte, wusste ich, dass ich niemals dahinterkommen würde, was es war. Ich hatte mein Leben, das sicher und gut war, und Ivy würde mit der Hilfe des Geldes ihr eigenes wiederaufnehmen können. Es sogar besser machen können.

Dass ich mich ihr offenbart hatte, war mehr Eingeständnis, als ich jemals wieder tun könnte. So knapp war ich davor gewesen, sie um ein richtiges Date in New York zu bitten, doch ich war kein einfacher Typ. Ich würde sie wahnsinnig machen, sie bremsen und spürte jetzt bereits, wie besitzergreifend ich wurde, wenn ich nur daran dachte, dass Ivy etwas mit einem anderen haben könnte.

Es reichte, dass ich mir trotz allem immer noch Sorgen um Ian machte. Es reichte, dass ich jeden Tag in den Spiegel sah und mir die Schuld an seinen Abstürzen gab.

Ivy war ein lustiger, lebensfroher Mensch und ich wollte nicht der Kerl sein, der ihre Sonne zum Erlöschen brachte.

Diese Momente mit ihr hier waren die besten meines Lebens. Aber sie hatten ein Ablaufdatum. Das wussten wir beide, auch wenn ich für einen winzigen Augenblick gehofft hatte, es könnte anders sein. Und deshalb musste ich jede Sekunde davon nutzen.

Langsam drehte ich mich um und streckte die Hände nach Ivys nacktem Körper aus, der neben mir lag. Doch ich griff ins Leere.

Brummend öffnete ich die Augen und suchte zuerst die Bettseite und daraufhin das Zelt nach ihr ab. Sie war weg. Verdammt. Ich hatte gehofft, mit ihr noch ein wenig in unserer Blase verbringen zu können, ehe wir vor die anderen treten mussten. Heute war das große Dinner vor Ians und Lizzys Trauung morgen. Die beiden und alle anderen anwesenden Menschen waren sicherlich nervtötend aufgeregt deshalb. Bereits gestern hatte auf dem gesamten Platz eine nervöse, angespannte Vorfreude gehangen, die mich unruhig werden ließ.

Ich atmete tief durch, fischte nach den Boxershorts neben dem Bett und zog sie mir an, ehe ich unter der

Decke hervorschlüpfte. Während ich meine Klamotten und meine Badutensilien zusammensuchte, konnte ich Geräusche von draußen vernehmen. Eine Eule, die ebenso wenig wie ich akzeptieren konnte, dass die Nacht bereits vorbei war, lachende Stimmen, die an unserem Zelt vorbeiliefen, oder das leise Dudeln von fernöstlicher Musik in Richtung See, das wahrscheinlich irgendeinen Yoga Kurs begleitete.

Ich unterdrückte ein Seufzen, als ich mich anzog und meine Armbanduhr auf mein Handgelenk streifte. Gott, schon Vormittag, so lange und so tief hatte ich schon ewig nicht mehr geschlafen. Ich ging nach draußen und hielt mir die Hand vor die Augen, um die Sonne abzuschirmen. Es war, als wären heute noch mehr Menschen angekommen. Egal, wo ich hinsah, überall wimmelte es zwischen den Zelten von ihnen und ich wünschte mich zurück in mein ruhiges Penthouse.

Bevor ich mich auf die Suche nach Ivy machte, hielt ich an dem aufgestellten Waschraum, um mich schnell zu duschen und mir die Zähen zu putzen. Ich fuhr mir mit den Händen durch mein noch feuchtes Haar und strich es zurück. Das sollte reichen.

Ich brachte meine Zahnbürste, Duschgel und den anderen Kram zurück ins Zelt und steuerte das große Verpflegungszelt an, neben dem der Essensbereich errichtet worden war. Schon von Weitem hörte ich ihre Stimme und sofort setzte mein Herz um einige Schläge aus, ehe es kräftig und schnell weiterschlug. Ein Kribbeln fuhr mein Rückgrat hinab, wenn ich an ihr kehliges Stöhnen von heute Nacht dachte, an ihre Fingernägel, die sich in meine Haut gekrallt hatten, während ich immer wieder in sie stieß. Tief und …

»Max!« Überrascht blieb ich stehen und fühlte mich sogar ein wenig ertappt aufgrund meiner Gedanken.

»Chloe«, erwiderte ich und mühte mir ein knappes Nicken ab. Unauffällig spähte ich über ihre Schultern und suchte Ivy in dem Gedrängel des Buffets. Irgendwo musste sie doch sein.

»Schön, dass ich dich mal alleine erwische«, sagte sie und mein Blick ruckte zurück zu ihr. Auch heute lagen ihre dichten blonden Haare makellos auf ihren Schultern und das Kleid, das sie trug, fiel eher unter die Kategorie zweite Haut. »Ich hab oft an dich gedacht, Max.«

»Das überrascht mich«, erwiderte ich ehrlich, denn ich hatte kaum einen Gedanken an sie verschwendet und angenommen, ihr ging es ganz genauso.

»Wieso?«, fragte sie lachend, aber ich vernahm die leichte Unsicherheit aus ihrer Stimme. »Du bist ein attraktiver, charmanter Mann. Wahrscheinlich hast du in jeder Stadt eine Frau, die an dich denkt.«

»Ich denke nicht«, sagte ich abweisend und wollte weitergehen, als Chloe meinen Arm festhielt. »Bist du wirklich mit Ivy zusammen? Ist das etwas Ernstes?«

»Wir lernen uns gerade kennen, aber ja, es ist so ernst, wie es sein könnte.«

»Ach ja?« Sie strich mit ihren Fingern sanft über meinen Arm, doch mein Körper reagierte nicht im gleichen Maß auf ihre Berührung wie auf Ivys. Verdammt. Ivy, Ivy, Ivy, gab es denn keinen anderen Gedanken mehr in meinem Kopf? »Dann hab ich es mir vielleicht nur eingebildet.«

Ich zog die Augenbrauen zusammen. Chloe ließ mich los und fuhr sich durch die Haare. »Was eingebildet? Von was sprichst du?«

»Vergiss es einfach«, flötete sie, lehnte sich nach vorne und drückte mir einen Kuss auf die Wange. »Ich freue mich, wenn du glücklich bist, Max«, flüsterte sie in mein Ohr, ließ von mir ab und ging mit schwingenden Hüften an mir vorbei. Ahnte sie etwas? Hatte sie irgendetwas belauscht, was Ivy und ich gesprochen hatten? Das konnte nicht sein und selbst wenn, sie hatte keinerlei Beweise für eine Anschuldigung.

Ich verbuchte diese Begegnung unter nicht wichtig. Wichtig war es, jetzt endlich Ivy zu finden und dort weiterzumachen, wo wir früh in der Morgendämmerung erschöpft aufgehört hatten.

Ich ging weiter, schlängelte mich durch Menschen hindurch und an Tischen vorbei, ehe ich sie endlich in der Nähe des Buffets entdeckte. Ian und Lizzy standen bei ihr und Ivy kritzelte etwas auf einen kleinen, abgerissenen Zettel.

Als ich in ihre Nähe kam, hob sie den Kopf und ein Strahlen erhellte ihre Züge, dem ich mich nicht entziehen konnte. Die anderen Menschen um uns herum zählten plötzlich nicht mehr. Es war ihr Blick, der mich wie magisch anzog. Als ich bei ihr angekommen war, zog ich sie an der Taille zu mir und drückte ihr einen langen Kuss auf den Mund, der sie nach Luft schnappen ließ. Erst als ich spürte, wie ihr schöner Körper weich in meinen Armen wurde, ließ ich sie los und wandte mich an die anderen.

»Ian, Lizzy«, sagte ich mit einem Kopfnicken. Plötzlich verengte mein Bruder die Augen und strich sich selbst über die Wange, als wollte er mir irgendetwas mitteilen. Ich hatte keine Ahnung und wandte mich an Ivy und Lizzy, die nebeneinanderstanden. Beide rissen ebenfalls die Augen auf.

»Habe ich irgendetwas im Gesicht? Was ist los?«, fragte ich. Ivys verhangener Blick von unserem Kuss wechselte plötzlich zu wütend. Als würden die Regenwolken sich in Sekundenschnelle vor die Sonne schieben.

»Ja, hast du. Da!« Sie pikste auf meine Wange und ich strich an der Stelle mit der flachen Hand darüber. »Ich dachte, du wolltest ausschlafen, aber vielleicht habe ich mich geirrt.«

Fuck, auf einmal dämmerte es mir. »Das war Chloe«, sagte ich. Ivy schnappte nach Luft und Ian räusperte sich laut. »Nicht so, wie ihr es denkt! Sie hat mich überfallen!«

Ivys Augenbrauen wanderten immer höher und trafen förmlich ihren Haaransatz. »Überfallen?«, quiekte sie.

»Ich habe sie gerade auf dem Weg hierher getroffen, sie wollte mir irgendeine Ansage machen und hat mir dann als theatralischen Abgang einen Kuss auf die Wange gedrückt. Wenn da Lippenstift ist, dann hat das rein gar nichts zu bedeuten!«

Ian verkniff sich ein Lachen und Lizzy schlug ihn gegen den Oberarm.

»Aua! Was soll das?«

»Halt dich da raus!«, zischte sie ihm zu.

»Es ist nur, ich habe meinen großen Bruder noch nie so verlegen gesehen.« Diesmal lachte er wirklich und am liebsten hätte ich ihm den Hals umgedreht. »Ivy, ich habe Max in vielen Situationen erlebt, aber mit dir ist er völlig anders. Glaube mir…« Er lehnte sich vor zu ihr. »Er meint es wirklich ernst mit dir! Max lügt nie, das ist eine seiner weniger nervigen Angewohnheiten.« Auch wenn mich die Aussage meines Bruders wie ein heißer Stich durchfuhr – denn genau genommen hatte ich Ian zum ersten Mal wirklich angelogen –, Ivys Ärger verrauchte ein wenig, als sie mich unsicher anschaute. Würde sie es tatsächlich stören, wenn sie an mich und eine andere Frau dachte? In diesem Moment fühlte sich unsere Verbindung so echt an, wirklich. Wahrhaftiger als alles andere, das ich in meinem Leben hatte. »Außerdem hätte er Chloe bereits haben können, wenn er das gewollt hätte, aber das wollte er nicht.« Erneut schlug ihn Lizzy. »Aua! Manno! Was soll das?«

»Du bist der unsensibelste Mann der Welt.« Sie packte ihn am Arm und zog ihn zur Seite. »Danke dir, Ivy, für alles. Wir sprechen später weiter!« Sie lächelte ihr zu und schleifte Ian hinter sich her, der nun in schallendes Gelächter ausbrach.

Mein Blick suchte nach einem Anzeichen, wie es Ivy ging, doch ihr Gesicht war starr. »Es tut mir leid, wenn ich dich verärgert haben sollte«, sagte ich und ging einen Schritt auf sie zu. Sie schluckte und biss in ihre Unterlippe. »Wollen wir darüber …«, begann ich, doch Ivys Blick glitt hinter mich und erneut wallte die Wut in ihrem Gesicht auf.

Langsam drehte ich mich um. Chloe stand mit ein paar anderen Leuten, die ich nicht kannte, etwas entfernt und beobachtete uns. Als wir sie beide ansahen, hob sie die Hand und lächelte uns zu.

»Da war wirklich nichts«, sagte ich trocken, ehe ich mich zu Ivy umdrehte. Sie steckte den Zettel in ihre Umhängetasche, schnappte meine Hand und zog mich am Zelt vorbei weg von den anderen.

»Komm mit«, sagte sie knapp. So kurz angebunden hatte ich sie bisher noch nie erlebt und ich fragte mich, ob ich es jetzt wirklich vermasselt hatte und sie mir sagte, dass sie den gesamten Deal abbrechen wollte. Ein Stich fuhr in meine Eigenweide, wenn ich daran dachte.

»Ivy, lass uns darüber sprechen.«

»Nicht hier, wenn die Hexe uns dabei zusieht«, sagte sie knapp durch zusammengebissene Zähne. Ich ergab mich und ließ mich mitziehen, ehe wir bei den Duschen ankamen. Sie schaute sich kurz um und zog mich in den Raum. Den einzigen, den man hier abschließen konnte, was sie umgehend tat. Fast wäre ich so etwas wie amüsiert gewesen, doch meine Gedanken drückten sich sofort wieder in eine andere Richtung. Sie wollte gehen.

Drinnen angekommen vergewisserte sich Ivy, dass wir alleine waren, denn ich nahm an, wir wollten über den Lippenstiftabdruck, den ich nun deutlich im Spiegel erkennen konnte, sprechen. Auch wenn unsere Beziehung nur gespielt war, ich konnte verstehen, dass Ivy sauer war.

Ich ging hinüber zu einem Waschbecken und wusch mir das Gesicht.

»Ist das wahr, was Ian gesagt hat?«, wisperte sie. Ich trocknete mich ab und drehte mich langsam zu ihr. »Dass du niemals lügst.«

»Das ist korrekt«, erwiderte ich. Ivy seufzte einmal und wirkte plötzlich unsicher. »Ich habe kein Interesse an Chloe.« Langsam ging ich auf sie zu. Sofort spürte ich das heftige Pochen unter meiner Haut, das nach ihren Berührungen lechzte. »Oder an einer anderen Frau, die nicht du bist.«

»Was hast du gesagt?«, flüsterte sie und wirkte völlig überrumpelt.

»Ich wiederhole mich nicht gerne.«

Endlich trat ein kleines Schmunzeln auf ihre Lippen und mir fiel auf, wie sehr ich ihr Lächeln vermisst hatte. »So herrisch wie eh und je.«

Ich blieb vor ihr stehen und hob ihr Kinn mit dem Zeigefinger an. »Du bist eifersüchtig«, stellte ich fest.

Sie schnaubte. »Ich bin nicht eifersüchtig. Es wäre nur ziemlich beschissen rübergekommen, wenn du mit einer anderen was hast, während ich deine Freundin spiele. Übrigens die beste der Welt, das will ich an diesem Punkt anmerken.«

Auch ich musste bei ihren Worten schmunzeln. Es war unglaublich, wie verrückt sie mich machte. Ich war ihr verfallen, so sehr, dass ich mich sofort entspannter fühlte, wenn ich in ihrer Nähe war. »Du machst deinen Job ziemlich gut, das muss ich zugeben.«

Sie schlang die Arme um meinen Nacken und ich meine um ihre Taille. Als unsere Körper sich berührten, explodierte Verlangen in meinem Schwanz, der sofort hart wurde. »Also hast du nur die eifersüchtige Freundin gespielt?«

»War ziemlich überzeugend, oder?«

»In Wirklichkeit wolltest du nur mit mir alleine sein.«

»Wieso sollte ich das tun wollen?«, hauchte sie, während ich sie nach hinten in eine Duschkabine drückte, bis ihr Rücken sich gegen die kalten Fliesen presste. Langsam zog ich ihre Umhängetasche von ihren Schultern und hängte sie an einen Haken neben der Kabine. Daraufhin ging ich erneut zu ihr, ohne sie aus den Augen zu lassen.

Meine Hände fuhren zu ihren Beinen, spürten ihre weiche, nackte Haut unter dem Ansatz ihres Rockes und umschlangen ihre Oberschenkel. Mit einem Mal hob ich sie hoch und sie umklammerte mich damit.

Eng drückte ich meinen Unterleib gegen ihren und sie keuchte auf, als sie spürte, wie hart ich für sie war.

»Weil ich mich dann nicht mehr beherrschen kann und dich nehmen muss«, raunte ich heiser, während ich meinen Mund an ihren Hals setzte und sie küsste. Sie legte den Kopf in den Nacken und hielt sich an meinen Schultern fest. Ich spürte das Krümmen ihrer Finger über dem Stoff.

»Okay, ich muss zugeben, die letzte Nacht war nicht schlecht.«

Ich lachte auf und schaute sie erneut an. »Nicht schlecht ist eine ziemliche Untertreibung, oder nicht, Darling?«

»Ja, gut, es war besser als nicht schlecht«, erwiderte sie leise. »Aber fischst du etwa nach Komplimenten?«

»Das habe ich nicht nötig«, sagte ich und knetete ihren Po, an dem ich sie gegen mich gedrückt hielt.

»Ich glaube, du hast eine kalte Dusche verdient, Mister Überheblich«, flüsterte sie und ohne Vorwarnung stellte sie das Wasser über unseren Köpfen an. Sie quiekte selbst laut auf, als das kalte Wasser sie traf, während ich tief die Luft einzog und sie mit einem wölfischen Grinsen anschaute. Sie war unglaublich, immer für eine Überraschung gut. Sie erwiderte mein Grinsen.

»Hast du dich etwa erschreckt?«, fragte ich herausfordernd. Das Wasser rann über mein Gesicht und ihre Brust, sickerte langsam an unseren aneinandergepressten Körpern nach unten. Unsere Blicke waren so intensiv, dass mir das Atmen schwerfiel. Als könnte sie es genauso wenig aushalten wie ich, trafen sich unsere Lippen auf halbem Weg. Wir küssten uns, als könnten wir uns nur so gegenseitig am Leben erhalten, während das Wasser weiter auf uns prasselte und wärmer wurde. Tief drang meine Zunge in ihren Mund, massierte ihre und schluckte ihr lautes Stöhnen. Fahrig strichen meine Hände ihr Höschen zur Seite und ohne Vorwarnung tauchte ich einen Finger in ihre pulsierende Pussy. Sie schrie auf und kippte ihr Becken, ritt meine Hand, um mehr von dem Gefühl zu bekommen, das auch ich unbedingt fühlen wollte.

»Ich will dich, Max, jetzt sofort«, keuchte sie und ich spürte, wie ihre Innenwände sich rhythmisch um meine Finger zusammenzogen. »Ich bekomme Hormonspritzen und lasse mich regelmäßig untersuchen. Max, ich vertraue dir.«

Schwer atmend fixierte ich ihr Gesicht. Vertrauen. Sie vertraute mir? Ich hatte in meinem Leben noch nicht einmal Ian vertraut. Doch ich wusste, dass ich mich noch niemals so sicher gefühlt hatte wie bei Ivy. War das Vertrauen?

»Ich lasse mich häufiger als nötig untersuchen und habe noch nie mit einer Frau ohne Kondom geschlafen. Niemals«, antwortete ich leise, während das warme Wasser meinen Rücken hinunterrann und mein Hemd dicht an meiner Haut klebte. Alles fühlte sich viel intensiver an mit ihr.

»Dann nimm mich«, wisperte sie und umfasste mein Gesicht. »Ich will dich. Tief und hart.« Ihre raue Stimme war nunmehr ein Keuchen, bis wir uns erneut küssten. Mit einer Hand öffnete ich meine Hose, befreite meinen Schwanz und führte ihn an ihren Eingang. Sie kam mir wie bei unseren Küssen entgegen und mit einem tiefen, harten Stoß glitt ich in sie.

»Gott, du bist so feucht, so … gut«, fand ich die einzigen Worte, die sich in meinem überforderten Hirn bildeten. Erst langsam, dann immer schneller steigerte ich meine Stöße, presste sie gegen die Wand, während sie sich an mir festklammerte.

»Max, mehr!«, stöhnte sie meinen Namen, schrie, keuchte, sodass es sicherlich jeder da draußen hören konnte. Himmel, mit ihr zu schlafen war das Schärfste, was ich je erlebt hatte. Immer wieder küssten wir uns, immer wieder stieß ich in sie, immer wieder kam sie mir mit ihrem Becken entgegen, als wäre das Gefühl noch nicht genug. Ich legte eine Hand an ihren Kitzler und rieb ihn im Takt meiner Bewegungen, bis sie sich mit den Fingern tiefer in meine Schultern krallte und ich spürte, dass sie bald kam. Für eine winzige Sekunde war sie still und hielt die Luft an. Für eine winzige Sekunde schauten wir uns in die Augen und konnten alles im anderen lesen. Bis sie explosionsartig mit einem lang gezogenen Schrei kam und auch ich nicht mehr an mich halten konnte. Für einen Augenblick wusste ich nicht mal mehr meinen Namen. Ich verlor meine Kontrolle. Kontrolle, die sonst überlebenswichtig für mich war. Doch ich vertraute. Ich vertraute Ivy in diesem Moment mein ganzes Leben an.

24

Ivy

»Was hast du eigentlich mit Ian und Lizzy besprochen?«, fragte Max und strich sanft meine Haare auf eine meiner Schultern zur Seite. Nach unserem phänomenalen Sex hatten wir uns ganz ausgezogen, um heiß zu duschen. Wenn wir schon mal hier waren, konnten wir das ebenso nutzen. Nun stand sein muskulöser, göttlicher Körper hinter mir und seine großen Hände verteilten den Schaum auf meiner Haut. Ich lehnte den Kopf gegen seine Brust und schloss die Augen. Seine Finger fanden meine Brustwarzen und erneut entwich mir ein Stöhnen, als er leicht daran zog. Ich wusste, dass wir bald aufhören mussten, andere wollten schließlich auch in den Waschraum, aber mir fiel es unsagbar schwer, zurück nach draußen zu gehen und unsere ganz persönliche Blase zu verlassen.

»Ihr Koch liegt mit einer schlimmen Magen-Darm-Grippe zu Hause«, antwortete ich und drückte meinen Po gegen Max' Unterleib. Hatte ich einmal gedacht, Max hätte keine Gefühle und wäre ein Eisklotz? Das stimmte nur teilweise. Bei mir war er anders, leidenschaftlich und intensiv. Zumindest wollte ich mir einreden, dass mir das Privileg gegönnt war, ihn so zu sehen, wie er wirklich war, und niemand anderem sonst. »Und da sie wissen, dass ich Köchin bin, haben sie gefragt, ob ich heute Abend einspringen kann.«

»Du willst das Abendmenü übernehmen? Alleine?«

»Denkst du, ich kann das nicht?«, fragte ich mit einem neckenden Unterton. Er drehte mich an meinen Schultern zu sich um.

»Du kannst alles, was du willst. Aber du bist Gast und solltest nicht arbeiten müssen.«

»Genau genommen bin ich nur eingeschleust, durch dich.« Ich fuhr mit den Händen über seine trainierte Brust, strich langsam mit den Fingerspitzen über die kleinen, weichen Löckchen. »Außerdem bin ich nicht alleine. Das Team ist noch da, ich soll sie nur anweisen und ein Menü umsetzen, das bereits feststeht. Es wäre eine tolle Empfehlung für mich später. Wer weiß, vielleicht spezialisiere ich mich auf Hochzeiten, ein Foodtruck für Feste wäre doch mal etwas Neues, oder?«

»Sicher, sofern ich das beurteilen kann, klingt das vernünftig.«

»Ja, vernünftig muss sich für dich alles anhören«, erwiderte ich amüsiert und strich am Ansatz seines Halses hinauf. Seine Hände fanden meinen Po und erneut vergaß ich Raum und Zeit. »Aber es muss auch Spaß machen, hast du das vergessen?«, wisperte ich.

»Im Moment macht mir nur eines ganz besonderen Spaß.« Seine Finger kneteten meinen Po und ich seufzte leise auf. Im gleichen Moment klopfte es draußen an die Tür.

»Verdammt«, seufzte Max.

»Wir sollten das nachholen«, sagte ich mit einem Grinsen und löste mich von ihm.

»Oh, das werden wir«, antwortete er und wir duschten uns die Seife von den Körpern.

***

Am Abend war ich doch nervöser, als ich angenommen hatte. Anstatt eines schicken Abendkleides trug ich eine Jeans und ein lockeres Shirt. Um meine Hüften hatte ich eine Kochschürze gebunden und schnippelte in rasanter Geschwindigkeit Möhren.

Auch wenn Max verstand, dass ich dies hier brauchte, um mein Geschäft voranzubringen, und endlich den Job als Kellnerin kündigen konnte, der nur als Übergang gedacht war, hatte ich ihm angemerkt, dass es nicht ganz passte, dass ich heute Abend in der Küche stand. Er wollte mich bei sich haben und ich musste dümmlich grinsen, wenn ich daran dachte, wie sehr ich bei ihm sein wollte.

»Hey!« Christian tauchte am Eingang des Kochzeltes auf. Ich lächelte ihm ehrlich zu, wandte mich an eine Kellnerin und informierte sie freundlich, dass sie und ihr Team bald die Vorspeisen rausbringen konnten. »Ich dachte, vielleicht brauchst du Hilfe.« Christian stellte sich an den Rand des Tisches, auf dem ich einen Teil des Hauptmenüs vorbereitete. Geschmorte Kalbshüfte in Cognacrahmsoße mit jungem Gemüse und Kräuterseitlingen. Der Duft hing im gesamten Zelt und ließ mir selbst das Wasser im Mund zusammenlaufen. »Ich stehe zu deinen Diensten!«

»Ja, klar, wieso nicht. Hast du schon mal gekocht?«, zog ich ihn ein wenig auf. Er lachte und stellte sich neben mich. Ich spürte, wie er meine Nähe suchte, und wusste nicht so recht, wie ich das unterbinden konnte, ohne unhöflich zu sein.

Also schob ich ihm mein Brettchen und das Messer rüber. »Klar, das ein oder andere Mal.« Er zwinkerte mir zu, nahm das Messer und überraschte mich auf ganzer Linie, als er fast genauso schnell wie ich die Möhre in perfekte, gleichgroße Scheiben schnitt.

»Okay, jetzt bin ich sprachlos«, sagte ich und verschränkte die Arme vor der Brust. »Du hättest mich ruhig vorwarnen können!«

»Und die Überraschung versauen? Auf keinen Fall.« Er legte die fertigen Scheiben in die Schüssel zu den anderen.

»Rück raus damit, du bist Koch?« Wieso hatten Ian und Lizzy ihn dann nicht gebeten, das zu übernehmen?

»Nein, ich bin sicherlich nicht so gut wie du.« Er nahm sich eine weitere Möhre und schaute mich für einen Sekundenbruchteil an. Max reagierte bei Christian völlig über. Er war ein netter, harmloser Typ. »Ich habe einige Kochkurse gemacht und mal ein Jahr in einer Küche gearbeitet, aber schnell gemerkt, dass es nichts für mich ist. Ich fotografiere lieber und habe mich auf Foodfotografie spezialisiert.«

»O wow, das klingt total spannend! Du könntest mir also eine neue Speisekarte für Betsy gestalten?«

»Betsy?« Er lachte amüsiert. »Wer ist Betsy?«

»Mein Foodtruck«, erwiderte ich und schnappte mir selbst ein neues Brett und den Sack Kartoffeln.

»Erzähl es keinem, aber ich gebe Gegenständen auch Namen. Meine Kamera heißt Henry«, flüsterte er verschwörerisch.

Ich musste lachen. »Ich dachte nicht, dass es noch jemandem gibt, der das macht.«

Christians Blick wurde intensiver. Zu intensiv. »O doch, ich habe im Gefühl, dass wir uns ähnlicher sind, als du denkst.«

Ich räusperte mich und widmete mich wieder den Kartoffeln. Eine Weile arbeiteten wir wortlos nebeneinanderher. Das Kochen gab mir so etwas wie Entspannung und ich war völlig glücklich in diesem Moment. »Du und Max, ist das etwas richtig Ernstes?«, fragte er plötzlich. Ich wusste nicht so recht, was ich antworten sollte, also entschied ich mich für einen Mittelweg, ohne ihn anzulügen.

»Ehrlich gesagt weiß ich das noch nicht. Wir stehen gerade am Anfang.«

»Vielleicht solltest du ein paar Dinge über ihn wissen, bevor du dich in ihn verliebst.«

Liebe? Moment! So weit war ich noch lange nicht. Oder? »Was meinst du damit?«

»Ich hab einiges über ihn gehört, was er getan haben soll.«

»Christian, hör zu, ich halte das nicht für eine gute Idee, über ihn zu sprechen, wenn er nicht da ist.«

»Nein, da hast du wahrscheinlich recht. Aber du bist so gut und er so …«

»Er ebenso!«, verteidigte ich ihn. Ich wusste, er war bekannt dafür, eiskalt und herzlos zu sein, aber ich hatte einen anderen Max gesehen. Einen lustigen, gefühlvollen, zuvorkommenden Mann, in dessen Augen unendliches Gefühl und der einzige Wunsch lagen, geliebt zu werden. Ich konnte mir das nicht eingebildet haben.

»Du kennst ihn besser als ich«, erwiderte Christian schnell. »Es sind nur Gerüchte. Tut mir leid, wenn ich damit angefangen habe.« Er zuckte mit den Schultern und lächelte vorsichtig.

»Alles gut«, sagte ich schnell und wollte das Thema nur so zügig wie möglich abhaken. Christian säte Zweifel in mir, die sich falsch anfühlten. Max und ich, wir hatten selbst noch keine Ahnung, was das zwischen uns war. Fake oder nicht, ich spürte, dass sich trotz allem etwas Echtes entwickeln könnte.

Christian lenkte das Thema auf unverfänglichere Dinge und ich war froh, als er nach knapp einer Stunde sagte, dass er mich nun wieder allein den Laden schmeißen ließ und nach draußen ging. Ich kontrollierte die Soße, gab Tipps und Hinweise an die Hilfsköche und hielt ein Auge über den gesamten Prozess, während ich immer noch darüber nachdachte, was Christian gesagt hatte. Dieser Moment war wichtig für mich und meine Karriere, ich musste Abstand gewinnen und den Menschen da draußen zeigen, dass ich es draufhatte. Außerdem wollte ich unter keinen Umständen Ian und Lizzy enttäuschen. Es war ihre Hochzeit und die beiden waren so nett und hatten mir vertraut. Also schob ich alle Gedanken zur Seite und konzentrierte mich nur auf dieses Menü.

Als die Kellner und Kellnerinnen die leeren Teller der Desserts hereinbrachten und breit lächelten, atmete ich tief durch und schmiss das Geschirrtuch von meiner Schulter auf die Arbeitsfläche. Die Hilfsköche und Gehilfen nickten mir zu und lächelten ebenso, also konnte es nicht so schlecht gelaufen sein, oder?

»Das hast du gut gemacht. Es war mir ein Vergnügen, mit dir zu arbeiten«, sagte Patrick, einer der Köche, und klopfte mir auf die Schulter.

»Ivy, das Essen war perfekt! Und alles ist reibungslos abgelaufen!« Lizzy kam ins Zelt und umarmte mich.

»Ich hab das nicht alleine gekocht, außerdem stand das Menü bereits fest«, sagte ich.

Lizzy schüttelte den Kopf. »Die Idee mit dem neuen Dessert, einfach einmalig! Ich danke dir von ganzem Herzen und empfehle dich allen meinen heiratswilligen Freunden!«, sagte sie lachend.

»Danke dir!«

»Jetzt komm! Lass uns feiern!«

»Ich wollte noch aufräumen, außerdem rieche ich von oben bis unten nach dem Bratöl …«

»Papperlapapp, Max wartet bereits auf dich!« Sie zwinkerte mir zu.

»Wir machen das«, sagte Patrick und ich nickte ihm lächelnd zu.

»Danke euch. Es war mir ebenfalls eine Freude, ihr seid toll!«

Lizzy zog mich nach draußen. Als wir auf den Dinnerbereich zuliefen, erkannte ich schon von Weitem Max' breite Schultern. Er stand vor der Bar und nahm zwei Getränke entgegen. Als er sich langsam zu mir umdrehte und ein Lächeln seine Züge erhellte, setzte mein Herz für einige Schläge aus. Himmel, dieser Mann, dieser Blick und diese Lippen ließen meine Knie wie Wackelpudding werden.

Lizzy flüsterte mir zu, dass sie uns alleinließ, während wir aufeinander zugingen.

»Ich dachte, nach der harten Arbeit hast du sicherlich Durst.« Er streckte mir ein Cocktailglas mit einer roten Flüssigkeit entgegen. Er selbst trank Rotwein.

»Danke, das ist sehr aufmerksam.«

»Ich bin stolz auf dich, das Essen war perfekt«, sagte er. Stolz. Jemand war stolz auf mich, der mir etwas bedeutete. Ich konnte es nicht abstreiten. An dieses Gefühl konnte ich mich immer noch nicht gewöhnen.

»Das war nur zu einem winzigen Teil mein Verdienst.«

»Du kannst Komplimente annehmen, wenn sie an dich gerichtet sind.« Er schmunzelte. Ich nippte an meinem Drink, um mein eigenes, verlegenes Grinsen zu verstecken. Langsam lehnte er sich zu mir und führte seinen Mund ganz knapp zu meinem Ohr. Ich spürte seinen warmen Atem an meiner Haut. »Und ich musste mich ganz schön zusammenreißen, nicht zu dir in dieses Zelt zu kommen. Der Abend ohne dich war ziemlich langweilig.«

Er lehnte sich zurück und seine Lippen streiften dabei meine Wange. Sofort wallte erneut dieses Gefühl in mir auf, das nur Max hervorrufen konnte.

»Wir sollten in unser Zelt gehen, ich bin ziemlich müde«, wisperte ich.

Max nickte langsam. »Das sollten wir.« Er legte die Hand an meinen Rücken und führte mich von der Fläche. »Aber wir werden nicht zum Schlafen kommen, Darling«, raunte er heiser.

25

Max

Ivy hatte sich verdient, den ganzen nächsten Tag in unserem Zelt zu verbringen. Mit mir. Nachdem Ian mich angerufen und mir gesagt hatte, dass sie einen Koch gefunden hatten, der das heutige Hochzeitsdinner übernahm, war klar, dass ich Ivy nicht so schnell irgendwohin gehen lassen würde.

Heute Abend war die Hochzeit und morgen der Tag der Abreise. Was das für uns bedeutete, konnte ich nicht genau sagen. Uns. Gab es das überhaupt?

Ich wusste, dass ich jede Sekunde mit Ivy genoss und dass auch sie mir gegenüber nicht mehr so abgeneigt war wie vor unserer Ankunft. Aber ich wollte diese Momente mit ihr nicht mit grübeln verbringen. Irgendwann, als die Sonne den Platz umrundet hatte und auf der anderen Seite des Zeltplatzes stand, machten wir uns fertig und liefen Hand in Hand zu dem Bereich, an dem die Zeremonie stattfinden sollte. Eine Waldlichtung, nicht weit entfernt von dem See, an dem Ivy und ich bereits gesessen hatten. Es war ein merkwürdiges Bild, wie alle Menschen über die weite Wiese an den Waldrand pilgerten. Manche trugen schicke Abendklamotten, manche waren eher der Fraktion Hippie wie Lizzys Eltern zuzuordnen. Aber jeder war aufgeregt, man spürte die Spannung förmlich in der Luft wie ein flirrendes, elektrisches Ziehen.

Selbst ich musste sagen, dass die Lichtung wunderschön hergerichtet war. In der Mitte lag ein weißer Teppich, der zu einem Rundbogen mit cremefarbenen Blumen führte. Darunter stand Ian, der nervös durch die Gegend schaute und sich ständig durch den Nacken fuhr. Lizzys Dad, der die beiden trauen würde, stand in der Mitte des Bogens und versuchte, Ian mit leisen Worten zu beruhigen.

Ivy drückte meine Hand und ich lehnte mich zu ihr herunter, als wir den leeren Stuhl in der ersten Reihe, auf dem ihr Name stand, erreicht hatten. Sanft drückte ich ihr einen Kuss auf die Lippen und spürte, wie sie in meine Berührung fiel. Ich musste zugeben, auch ich war ein wenig nervös und Ivy gab mir ein Gefühl von Sicherheit.

»Viel Spaß«, flüsterte sie, strich mir durchs Haar und setzte sich auf den freien Platz, ehe ich zu Ian nach vorne ging.

»Hey«, sagte ich leise zu ihm und er nickte mir zu. Seine Nervosität war unmöglich zu übersehen.

»Hey, Bro«, erwiderte er. Ich stellte mich neben ihn und steckte die Hände in die Taschen.

Ich hatte das Gefühl, dass ich als Trauzeuge und Bruder irgendetwas sagen musste, aber mit zwischenmenschlichen Dingen konnte ich genauso gut umgehen, wie ein Pinguin fliegen konnte. Er zappelte nervös hin und her. »Beruhige dich. Was soll passieren?«, fragte ich.

Ian lachte leise. »Es gibt Hunderte Szenarien! Aber warte du nur ab …«

Ich drehte mich leicht zu ihm und runzelte die Stirn. »Was soll das heißen?«

Mein kleiner Bruder nickte nur zu Ivy, die uns unverwandt anschaute. Sofort spürte ich, wie irgendetwas in meinem Innern weich wurde und sich danach sehnte, zu ihr zu gehen. Ich räusperte mich. »So weit sind wir noch lange nicht. Ich handle nicht so überstürzt wie du, das weißt du doch.«

»Wenn es um die Liebe geht, sind wir alle überstürzt handelnde Idioten«, wisperte er und endlich wurde unsere Unterhaltung von der Musik abgelöst, die im Hintergrund erklang. Irgendein kitschiges Geigenstück, von dem ich nicht den Namen wusste, weil das weit von meinem Musikgeschmack entfernt war.

Lizzy betrat mit ihrer Mom den Gang. Sie hatten sich extra für diese Konstellation entschieden, weil ihr Dad die beiden trauen würde. Natürlich. Wenn Lizzy und Ian eines nicht waren, dann konservativ.

Ian sog neben mir laut die Luft ein und als ich ihn ansah, kämpfte er mit den Tränen, sein Blick die gesamte Zeit auf seine zukünftige Frau gerichtet, die ein bodenlanges cremefarbenes Kleid aus Seide trug. Selbst ich musste zugeben, dass mich dieser Moment nicht ganz so kalt ließ, wie ich erwartet hatte. Vielleicht stimmte es doch und die beiden hatten sich gefunden, passten besser zusammen, als unsere nutzlosen Eltern und es gab wirklich so etwas wie ein Happy End? Ich würde es meinem kleinen Bruder wünschen.

Mein Blick wanderte zu Ivy, die ebenfalls Tränen in den Augen hatte und von Ian zu Lizzy schaute. Dabei streiften ihre Augen meine und blieben bei mir hängen. Ein Gefühl setzte sich in meinem Magen fest, das mir fremd war. Es war gleichzeitig unangenehm, warm und wohltuend. Mein Herz schlug heftig gegen meinen Brustkorb und meine Finger wurden feucht. Ivy spürte es auch. Sie musste es spüren, dass sich irgendetwas zwischen uns entwickelte, von dem wir beide keine Ahnung hatten.

Als Lizzy fast bei Ian angekommen war, löste sich unser Band und ich wandte mich an die beiden. Die Menschen applaudierten, als sie sich bereits vor der Zeremonie in die Arme fielen und sich küssten. Ich musste sogar ein wenig grinsen, was ich gleich zu verstecken versuchte. Doch ich wusste, eine hatte es ganz genau gesehen, weil sie mich lesen konnte wie ein offenes Buch.

***

»Die Trauung war wirklich wunderschön«, sagte Ivy, während ich sie in meinen Armen hielt und über die Tanzfläche führte. In ihren Augen lag ein Glanz, aus dessen Fängen ich mich kaum lösen konnte.

»Es war nett, ja, netter als diese gesamte Veranstaltung hier«, antwortete ich, weil ich genau wusste, wie ich Ivy damit necken konnte.

»Du bist unverbesserlich«, erwiderte sie mit einem grinsenden Kopfschütteln.

»Unverbesserlich attraktiv? Oder unverbesserlich erfolgreich?«

»Max Holmes, deine Witze werden immer witziger. Es ist unglaublich, dass du tatsächlich so etwas wie Humor besitzt. Zwar deine eigene, besondere Art davon, aber immerhin.« Ich drückte sie von mir weg, drehte sie im Kreis und zog sie erneut an mich. »Aber ich muss schon sagen, wie du tanzt, lässt mich wirklich schwach werden.«

Ein Lächeln lag auf meinen Lippen und es fühlte sich nicht so falsch und unecht an wie sonst. Es war echt, weil es nur Ivy gehörte.

Mein Blick fiel in die Richtung unseres Tisches. Chloe stand daneben und unterhielt sich mit Deborah, Mona und Christian. Mir passte es gar nicht, dass sie immer wieder zu Ivy und mir rüber sahen und tuschelten. Irgendetwas war definitiv im Busch. Wir hatten nur noch diesen Abend und ich wollte nicht, dass diese Menschen ihn uns mit ihrem Getratsche zunichtemachten.

Das Musikstück war zu Ende und Ivy fächelte sich Luft zu. »Ich brauche eine Pause und muss mal schnell wohin.«

»Soll ich mitkommen?«, fragte ich zweideutig. Sie legte ihre Hand auf meinen Oberarm und drückte leicht zu.

»Ich bin gleich wieder da«, erwiderte sie mit einem frechen Grinsen. »Keine Nummern mehr im Waschraum«, flüsterte sie.

»Das ist äußerst bedauerlich.« Ich gab ihr einen Kuss auf die Wange und verweilte einen Moment an ihrer warmen Haut. Sie erschauerte. »Dann bis gleich.«

Ivy verließ die Tanzfläche und ich ging hinüber zu unserem Tisch. Kurz überlegte ich, ob ich nicht zur Bar und den anderen aus dem Weg gehen sollte, aber wer war ich, wenn ich vor einer Situation wie dieser weglief? Schwachsinn. Christian und Chloe passten perfekt zusammen, denn beide waren hinterlistige Idioten. Ich sollte mich freuen, wenn sie sich gefunden hatten und uns in Ruhe ließen.

»Max«, sagte Deborah gespielt erfreut, und die anderen drehten sich zu mir um. Wahrscheinlich war es nur eine Warnung an ihre lästernden Tischnachbarn, weil diese augenblicklich verstummten.

»Ihr könnt ruhig weitersprechen«, sagte ich, öffnete mein Jackett und nahm Platz. »Es geht ja schließlich um mich, also geht es mich ohnehin etwas an, oder?«

»Wie kommst du denn darauf?«, lachte Mona falsch, während Christian mich mit fast wütendem Blick anschaute und Chloe überlegen lächelnd einen Lippenstift aus ihrer Handtasche zog.

»Er hat ja recht«, sagte sie. Ihre Stimme war lauernd, wie die eines Tieres auf der Jagd. Doch in Wirklichkeit war sie eher ein Kaninchen, das sich mit einem Wolf angelegt hatte. Ich hatte nichts zu befürchten, schon gar nicht vor ihr. Nur um ihren Worten Nachdruck zu verleihen, malte sie sich zuerst die Lippen mit einem Karminrot nach, ehe sie weitersprach. »Wir haben über dich gesprochen.« Sie rückte näher an Christian heran, der neben ihr stand. Er wirkte auf einmal nicht mehr so überzeugt und wich meinem Blick aus. »Und über Ivy. Sie ist wirklich bezaubernd.« Irgendetwas kam nach dieser Aussage noch nach, ich erkannte es an dem aufgeregten Funkeln in ihren Augen. »Wir haben uns nur gefragt, ob es wirklich stimmt, dass ihr beide ein Paar seid.«

»Natürlich sind sie das, oder, Max, Schätzchen? Deb und ich finden diese Anschuldigung total überzogen.« Mona lachte unsicher.

»Ich wüsste nicht, weshalb wir irgendjemandem außer Ian und Lizzy eine Erklärung schuldig wären«, erwiderte ich entspannt. Doch in Wirklichkeit sah es in mir ganz anders aus. Deshalb hielt ich mich von Menschen fern. Weil sie viel zu oft ihre Nasen in Dinge steckten, die sie nichts angingen.

Wie auf Kommando kamen Ian und Lizzy lachend an unseren Tisch. »Und, wie fandet ihr es?«, fragte Lizzy aufgeregt in die Runde. Auf ihren Wangen war das Glück in rosigen Zeichen geschrieben.

»Oh, es war wundervoll!«, säuselte Chloe und ich verkniff mir ein Augenrollen. »Du siehst einfach bezaubernd aus, aber das habe ich dir ja schon gesagt.«

Ian merkte die angespannte Stimmung sofort. Man konnte einiges über meinen Bruder sagen, dass er ein Träumer war oder unzuverlässig, aber er war der feinfühligste Mensch, den ich kannte. »Was ist los?«, fragte er mich leise und ich wusste nicht so recht, ob ich die beiden nun wirklich in diese lästige Sache hineinziehen sollte.

»Nichts.«

Chloe lauschte mit gespitzten Ohren. »Ian, findest du es nicht auch merkwürdig, dass man Max nie mit einer Frau gesehen hat, und auf einmal bringt er seine große Liebe, die er erst seit Kurzem kennt, auf deine Hochzeit?« Ian runzelte die Stirn. Ich sah ihm an, dass er Chloes Aussage genauso wenig etwas abgewinnen konnte wie ich. »Christian hat da etwas gehört und wir haben uns gefragt, ob das stimmt.«

»Ich hab mich bestimmt nur verhört«, nuschelte er schnell. Schlappschwanz. Er hatte eine Vermutung und konnte nicht dazu stehen.

»Los, sagt das, was ihr vermutet, damit wir Ian und Lizzy nicht weiter damit belästigen und sie ihre Hochzeitsfeier genießen können«, erwiderte ich gelangweilt und wedelte mit der Hand in der Luft.

Christian setzte an, doch Chloe ließ ihm überhaupt keine Zeit. »Es ist gespielt! Max und Ivy sind kein Paar, sie haben uns alle, und vor allem euch zwei, zum Narren gehalten!« Ihre Stimme zitterte und ich fragte mich, ob sie tatsächlich immer noch so nachtragend und verletzt war, weil ich ihr einen Korb gegeben hatte. Ja, Chloe war eine Frau aus reichem Hause, die immer das bekommen hatte, was sie wollte. Aber dass sie nun nur aus Rache die Hochzeit ihrer Cousine vermasselte, damit hätte selbst ich nicht gerechnet.

Alle Augen waren auf mich gerichtet, doch Ians Blick spürte ich am brennendsten. Ich hätte mich an dieser Stelle in Erklärungen verstricken können, um es irgendwie abzumildern, oder ich gab es einfach zu und stand dazu. Ich hasste Lügen. Unsere gesamte Kindheit hatten wir damit verbracht und ich hatte mir geschworen, niemals so zu werden wie unsere Eltern.

»Es war meine Idee, Ivy hat nichts damit zu tun. Aber ja, unsere Beziehung ist nicht real, es war und ist alles gespielt.«

Ian zog die Brauen zusammen und Lizzy nahm seine Hand. Ich hatte ihn noch niemals so wütend gesehen wie in diesem Moment. Dabei war ich doch der Vernünftige und musste immer wieder Ian verzeihen. Doch diesmal waren die Rollen vertauscht.

»Ihr habt uns angelogen? Die gesamte Zeit?« Seine Stimme zitterte und ich nickte langsam. »Das glaube ich euch nicht, jeder sieht, was ihr füreinander empfindet. Mach dir nur selbst etwas vor, aber was anfänglich vielleicht als Fake begann, hat sich entwickelt.«

Ich presste die Kiefer aufeinander und ließ seine Worte einen Moment in mein Hirn sickern. »Nein,

Ian. Es hat als Deal begonnen und wird als Deal enden.« Meine Stimme war kalt und selbst mich überraschte die Heftigkeit meiner Worte. Vielleicht hatte mir diese Erkenntnis die ganze Zeit gefehlt, doch jetzt wusste ich es. Ich konnte Ivy nicht von einem Leben fernhalten, das sie verdient hätte. Niemand sollte mich als Klotz am Bein mitschleifen müssen. Einen Typen, der Schwierigkeiten hatte, nur den kleinsten Funken an Gefühl einzugestehen. Ivy war voller Licht, voller Gefühl und voller Leidenschaft. Sie brauchte einen Partner, der sie ergänzte und nicht hinab in die Dunkelheit zog.

Auf Chloes Gesicht breitete sich ein Grinsen aus und sie fixierte etwas – oder jemanden – hinter meinem Rücken. Mir war klar, dass ich es mir mit dieser Aussage ein für alle Mal bei Ivy versaut hatte. Auch wenn es besser war, fühlte es sich an, als hätte jemand mein Herz mit einer stumpfen Rasierklinge aus meinem Brustkorb entfernt.

Langsam stand ich auf und drehte mich um. Ivys Blick war eingefroren, als hätte ihr jemand die Batterien entfernt. Ich konnte nicht beschreiben, wie falsch es sich anfühlte, dass ich ihr so wehtun musste. Doch im Grunde wussten wir beide, auf was unser Verhältnis hinauslief. Es war besser, es gleich hinter uns zu bringen, ehe noch jemand wirklich tiefe Gefühle für den anderen entwickelte.

»Ich musste es ihnen sagen.« Meine Stimme war leise und schwach, ein jämmerlicher Versuch einer Erklärung, unfair und schneidend. Ivy hatte mich die gesamte Zeit gut behandelt, mir vertraut. Und mir Arschloch fiel nichts anderes ein, als ihr die Klinge in den Rücken zu rammen, wenn sie sich nicht wehren konnte.

»Natürlich musstest du das«, erwiderte sie bitter, aber schaute mich kein einziges Mal an. »Schließlich lügst du niemals.« Ihr Blick fixierte den Boden und ich wünschte mir, nur einmal noch in das Strahlen sehen zu können, das sie mir die letzten Tage geschenkt hatte. Noch einmal spüren zu können, wie es sich anfühlte, wenn mein Herz nur bei einem einzigen Augenaufschlag, einem einzigen Lachen schlug. Es war ihr gutes Recht, sauer zu sein. Natürlich hatte ich jetzt die Wahrheit sagen müssen, aber ich hatte unseren Besuch hier tatsächlich mit einer Lüge begonnen und war mir selbst nicht treu gewesen. Wie könnte ich jetzt noch mit einem guten Gewissen weitermachen? Ich musste es stoppen. Jetzt.

Lizzy ging zu Ivy, flüsterte ihr irgendetwas zu und wandte sich an Chloe. »Hast du jetzt das, was du wolltest? Ich möchte, dass du unsere Hochzeit sofort verlässt!«

Chloe wirkte überrascht und atmete tief ein. »Wie bitte? Die beiden haben alle belogen!«

»Dein Neid wird dich irgendwann zerfressen und dein Äußeres so hässlich machen, wie du innen bist.« Wow, so hatte ich Lizzy bisher noch nicht erlebt. Sanft zog sie Ivy hinter sich her und die beiden verschwanden in Ians und Lizzys Zelt. Ich konnte kaum noch atmen, als Ivy aus meinem Sichtfeld verschwand.

»Und du komm auch mit«, sagte Ian und wandte sich ab. Ich folgte ihm bis in die Scheune. Es fühlte sich falsch an, jetzt an diesen Ort zurückzukommen. Das letzte Mal waren Ivy und ich uns hier wirklich nähergekommen. Wir hatten uns hier zum ersten Mal vor dem anderen entblößt auf eine Weise, die mehr war als bloßer Sex.

Diesmal war es Ian, der auf dem Fahrersitz Platz nahm. Ich schob mich auf den Beifahrersitz und unterdrückte ein Seufzen. Das Loch in meinem Innern vergrößerte sich von Sekunde zu Sekunde. Es verschlang alles, was es finden konnte, und hinterließ Schuld, Schmerz, Verwüstung und Verlust.

»Du bist ein echter Idiot«, sagte mein Bruder und ich konnte seine Aussage nicht abstreiten. Ich hätte mich wohl Schlimmeres genannt. »Wieso hast du das getan?«

»Ich wollte dich nicht enttäuschen. Ich weiß, dass du dir Gedanken machst, weil ich immer noch alleine bin, und ich wollte dir diese Sorgen an deiner Hochzeit nehmen«, erwiderte ich ehrlich.

»Wir sind Brüder und wir waren verdammt noch mal schon immer auf uns alleine gestellt. Es ist natürlich, dass wir uns Sorgen umeinander machen. Du hättest mich nicht anlügen müssen.«

»Ich weiß«, seufzte ich. »Es tut mir leid.«

»Aber das Schlimmste ist, dass du dich selbst anlügst.« Er hatte recht. Ich wusste es ganz genau.

Trotzdem konnte ich nicht aus meiner Haut. »Du lügst dich an und verletzt die einzige Frau, die du jemals wirklich geliebt hast. Du bist mehr als ein Idiot. Ein verliebter Idiot.« Als ich kurz aufschaute, erkannte ich Ians Grinsen. »Es hat dich total erwischt und anstatt dass du dazu stehst, brichst du dein Herz und Ivys gleich mit. Ihr seid verrückt nacheinander, das kann jeder sehen. Scheiß auf Chloe, diese Giftspritze! Ich bin froh, dass mein Mädchen diese falsche Schlange endlich gesehen hat, wie sie ist. Wenn es nach mir gegangen wäre, hätte ich sie nicht eingeladen und ich bin froh, dass du ihr damals einen Korb gegeben hast.«

Ich seufzte und fuhr mir durch die Haare. »Ich habe Angst, Ian.« Verdammt, ich hatte das noch nie ausgesprochen, aber ich musste es nun einfach tun. »Ich habe Angst, wie unser nutzloser Vater zu werden. Angst, dass ich zu verkorkst für Ivy bin und sie nicht glücklich mit mir wird. Ich bin kompliziert, launisch und gefühllos.«

»Du bist nicht gefühllos, großer Bruder. Bei den anderen Punkten rede ich dir nicht rein, aber du fühlst mehr als viele andere.« Ian legte die Hand auf meine Schulter und ich schaute ihn an. »Egal, was du von dir selbst denkst, Ivy dreht alles genau um. Bei ihr bist du glücklich und platzt vor Verliebtsein. Es ist fast ekelhaft!« Wir mussten beide lachen, doch meines erstarb sofort wieder.

»Scheiße, ich weiß nicht, wie das geht. Beziehungen. Das, was du und Lizzy habt.«

»Das wusste ich auch nicht. Gott, ich habe Lizzy so oft mit diesen verdammten Drogen wehgetan, dass es mich wundert, dass sie noch mit mir spricht. Aber sie hat mir gezeigt, was Liebe ist. Nur sie konnte das und ich weiß, dass Ivy das für dich ist, aber nur, wenn du sie lässt.«

»Fuck, wann bist du so klug geworden, kleiner Bruder?«

Ian lachte. »War ich schon immer, du hast es nur nicht gesehen!«

Ich zog am Knoten meiner Krawatte, weil es mir plötzlich eng um den Hals wurde und es sich anfühlte, als könnte ich nicht atmen. »Ich werde es verpatzen«, murmelte ich.

»Ja, wirst du. Aber sie wird dich wieder zurück auf den Weg holen, wenn du sie nur niemals daran zweifeln lässt, dass du sie liebst.«

Liebe. Ich hatte keine verdammte Ahnung davon. Ich verabscheute mich selbst. Der Einzige, den ich liebte, war mein Bruder. Doch das war auf eine ganz andere Art.

Wenn ich Ivy sah, fühlte es sich an, als würde die Sonne aufgehen und ihre Strahlen meine Haut und mein Herz erwärmen. Wenn sie ging, nahm sie die Helligkeit wieder mit und ließ mich zurück in dem dunklen Loch, in dem ich vor ihr gelebt hatte. Und es würde noch viel tiefer und viel schwärzer sein, weil ich nun einmal das Licht gesehen hatte.

»Ich wollte nicht eure Hochzeit damit zerstören.«

»Das hast du nicht, keine Sorge. Das Geschenk, dass du glücklich wirst, ist mir lieber als alle anderen da draußen auf diesem riesigen Präsente-Tisch.«

Ich zögerte und fuhr mit dem Zeigefinger das rissige Leder auf der Türverkleidung nach. Eine Stimme in meinem Innern sagte mir immer noch, dass es ein Fehler war, Ivy zu wollen. Es war egoistisch, sie mit meinen Sorgen zu beladen, nur weil ich das Gefühl hatte, nicht mehr ohne sie existieren zu können.

»Kannst du jetzt bitte gehen und dir dein Mädchen wiederholen?«, sagte Ian und riss mich aus meinen Überlegungen. Mein Bruder stieg aus dem Wagen und deutete in Richtung Scheunentor. Ich tat es ihm gleich. »Los, sie sind sicherlich in unserem Zelt.«

Ian und ich liefen über den Platz und erreichten das größte Zelt, mit dem kleinen Vordach und einem weißen, geknüpften Teppich darunter.

Vorsichtig zog ich die Stoffbahnen zur Seite und trat ein. Ivy saß auf dem Bett und Lizzy stand vor ihr. Sie war außer sich und lief auf und ab, ich wusste nur nicht, ob sie wütend auf mich oder auf Chloe war. Es zählte nicht. Sie konnte ihre ganze Wut bei mir rauslassen, es zählte nur, dass Ivys Trauer und Schmerz, der ihr ins schöne Gesicht geschrieben stand, verschwand.

Sie entdeckten uns und Ian sagte etwas zu Lizzy, woraufhin die beiden aus dem Zelt gingen. Ivy, ich und mein ohrenbetäubend laut klopfendes Herz blieben zurück.

»Ich bin dir nicht böse«, sagte sie plötzlich. Ich atmete tief ein und öffnete meine Krawatte noch ein Stück. In jeder Silbe lag so viel Schmerz, dass meine Kehle enger wurde. »Du bist mir keine Rechenschaft schuldig, es war mir von Anfang an klar, auf was ich mich einlasse.«

Langsam stand sie auf. Ihre Beine zitterten ein wenig und ich unterdrückte den Drang, zu ihr zu eilen und sie in eine Halt gebende Umarmung zu ziehen. Doch ihre Schwäche dauerte nur einen Moment, ehe sie den Rücken durchdrückte und ihr Kinn ein wenig nach oben reckte.

Fast hätte ich gegrinst. Mein stures, starkes Mädchen.

»War es wirklich so klar?«, fragte ich und ging doch einen Schritt auf sie zu. Sie nickte ganz knapp. »Weil ich mir mittlerweile nicht mehr sicher bin.«

»Du hast gerade da draußen ziemlich sicher geklungen. Jeder auf dem Platz hat gehört, dass es für dich nur ein Deal war.« Ich vernahm unverkennbar die Kränkung aus ihrer Stimme und verzog das Gesicht, als hätte Ivy mir einen Kinnhaken verpasst.

»Das habe ich«, erwiderte ich, weil ich keine Ahnung hatte, was ich darauf sagen sollte.

Anscheinend erwartete Ivy mehr, denn sie seufzte enttäuscht und wandte ihren Blick ab.

»Ich denke, es wäre angemessen für mich, nun nach Hause zu fahren. Du brauchst dich nicht um mich zu kümmern, ich besorge mir ein Taxi und fahre mit dem Zug.«

Sag etwas! Irgendetwas, du Hornochse! Ich räusperte mich. »Niemand erwartet, dass du gehst.« Allein beim Gedanken daran, dass sie mich nun hier alleine ließ, schmerzte mein Herz.

»Es war wirklich schön hier. Dein Bruder und Lizzy sind ein tolles Paar, aber wenn jeder da draußen weiß, dass ich bezahlt wurde, um mit dir …« Sie brach ab, als das Zittern in ihrer Stimme zu groß wurde. »Ich muss gehen«, flüsterte sie schnell und wollte an mir vorbeistürmen, doch ich griff nach ihrem Arm und zog sie sanft zu mir zurück. Vorsichtig und abwartend hielt ich sie, auch wenn ich sie am liebsten direkt an meine Brust gezogen hätte.

»Darf ich?«, fragte ich leise und deutete eine Umarmung an. Ivy zögerte, doch ergab sich dann und nickte leicht. Es fühlte sich unbeschreiblich an, sie zu halten, und mir wurde bewusst, dass ich endlich über meinen Schatten springen musste, wenn ich nicht das Einzige verlieren wollte, das zählte.

»Für mich war es mehr als ein Deal. Von Anfang an«, wisperte ich und spürte, wie Ivy sich anspannte. »Ich hätte dich einfach um ein Date fragen sollen, aber ich wusste nicht wie. Du hättest niemals Ja gesagt und als ich mitbekommen habe, dass du Probleme mit deinem Truck hattest … Es war in meinen Augen der perfekte Weg, dir näherzukommen und mich nicht selbst entblößen zu müssen. Dabei habe ich nicht gemerkt, dass du mich von Anfang an durchschauen konntest, wie es noch niemals jemand geschafft hatte.« Ich drückte sie ein Stück zurück und hob ihr Kinn an, damit ich ihr in die Augen sehen konnte. »Normalerweise fühle ich nicht so … Ich bin taub und unbeholfen und weiß nicht, wie Beziehungen funktionieren.«

»Wenn du dich nur so sehen könntest, wie ich dich sehe«, flüsterte sie und gab mir damit den Rest. Ich umfasste sie und sank langsam mit ihr ans Bettende. Wir saßen nebeneinander und ich war froh, ihre Hände halten zu dürfen.

»Das da draußen, meine Aussage, es wäre nur ein Deal, war der letzte Versuch, dich aus meinem verkorksten Leben rauszuhalten. Denn ich werde dich unweigerlich irgendwann verletzen. Du hast jemand anderen verdient und das weißt du genauso gut wie ich.«

»Kannst du aufhören, ständig für andere entscheiden zu wollen? Ian ist erwachsen und ich bin es ebenso. Ich weiß selbst nicht, wie das endet, ich weiß nur, dass ich es versuchen will.«

»Und ich wollte noch nie jemanden so sehr wie dich. In allen Belangen.«

»Wo liegt dann dein verdammtes Problem?«

Ich leckte mir über die trockenen Lippen. »Oh, Darling, ich weiß nicht, wo ich da anfangen soll …«, flüsterte ich.

»Versuch es, mir zu erklären! Fechte das nicht alleine mit dir aus, lass mich rein«, sagte sie und klopfte mir leicht, aber nachdrücklich mit der Faust gegen meine Brust. Genau an die Stelle, hinter der mein Herz wild schlug.

Ich senkte den Blick und schluckte hart. »Ich war mein gesamtes Leben alleine. Ich musste für meinen Bruder sorgen, der viel zu tief in seiner eigenen Welt gesteckt hat. Es war noch nie jemand da«, murmelte ich mehr zu mir selbst, ehe ich aufschaute und Ivys Blick suchte. »Noch niemals war jemand für mich da«, wiederholte ich. »Ich bin ein erwachsener Mann, der Milliarden verdient und mache mir Gedanken darüber, wie einsam ich bin.« Leicht schüttelte ich den Kopf, doch Ivy legte ihre Hand an meine Wange und stoppte die Bewegung.

»Das ist nur Geld. Wichtig ist das hier.« Erneut legte sie ihre flache Hand auf mein Herz und mir stockte der Atem. Ich legte meine über ihre und atmete tief ein. »Und davon hast du eine ganze Menge. Lass mich dich sehen, zieh dich nicht zurück.« Ein winziges Schmunzeln erhellte ihre Züge. »Lass mich die Herausforderung, Eisklotz Max Holmes zum Schmelzen zu bringen, annehmen.«

»Ich werde dir wehtun.«

»Und was, wenn nicht? Denn ich glaube das nicht.« Ich konnte es nicht mehr länger aushalten und zog sie auf meinen Schoß. Sie legte ihre kleinen Hände auf meine Schultern und ihr leichtes Lächeln weckte in mir den Drang, sie zu küssen, bis wir beide nach Luft schnappten. Vielleicht hatte sie recht? Vielleicht konnte ich ihr gar nicht wehtun, weil sie das Wertvollste war, das es gab. Wertvoller als jeder Dollar auf meinen Konten.

Ich wusste nicht, wie sich Liebe anfühlte und hatte noch weniger Ahnung davon, auszusprechen, was ich fühlte. Doch auf irgendeine Art musste ich Ivy zeigen, wie dankbar ich für sie war. Meine Hände fanden in ihre weichen Strähnen und fuhren nach oben zu ihrem Nacken. »Ich kann dich nicht verlieren«, wisperte ich und zog sie dichter an mich heran.

»Das wirst du nicht«, erwiderte sie im gleichen, leisen Ton. Ihre Hände umgriffen mich und ihre Brüste drückten gegen meine Brust. Wir spürten beide den schnellen Herzschlag des anderen.

»Dann bleib bei mir und ich werde alles für dich tun«, sagte ich und spürte Ivys Lächeln, als ich meine Lippen an ihre setzte.

26

Epilog

Ivy

Ich drückte das restliche Wasser aus dem Lappen und fuhr über die Arbeitsfläche. Der Tag und die Hochzeit, auf der ich mit Betsy mein Essen angeboten hatte, war lang gewesen und trotzdem hatte ich ein Lächeln auf den Lippen. Ich lebte meinen Traum und das nicht nur in Bezug auf meinen Job.

Ja, ich hatte Max' Angebot angenommen und mir das Geld für die Reparatur von ihm geliehen. Denn ich würde ihm jeden einzelnen Penny zurückzahlen, darauf konnte er wetten! Und wenn er noch einmal damit anfing, dass dies nicht nötig war, würde ich ihm die Standpauke seines Lebens halten.

Max. Mein sturer, wunderschöner, gefühlvoller Mann. Nach außen hin würde er niemals seine Maske abziehen und anderen Menschen das zeigen, was in ihm steckte, doch ich sah bei jedem Blick auf ihn sein wahres Ich. Und ich liebte es so sehr, wie ich noch niemals etwas geliebt hatte.

Nachdem ich mit dem Saubermachen fertig war, ging ich zu dem kleinen Haken neben der Tür, an dem meine Handtasche hing. Sofort fühlte ich mich wieder vollständig, als ich den glänzenden Platinring hinauszog und ihn mir auf den Finger streifte. Der Diamant funkelte im Licht meiner Deckenlichter, als ich ihn von links nach rechts drehte. Ich konnte immer noch nicht fassen, dass mich Max nach gerade mal vier Monaten gemeinsamer Zeit gefragt hatte, ob ich seine Frau wurde und ich auch noch zugestimmt hatte. Low hatte mich für einen Moment für verrückt erklärt, aber dann gestanden, dass sie nur neidisch auf uns war. Es war mir nicht gerade einfach gefallen, sie alleine in unserer Wohnung zu lassen, aber weder Max noch ich hielten es eine einzige Nacht alleine aus. Und selbst ich musste zugeben, dass der Umzug in ein Drei-Millionen-Dollar-Penthouse mit Blick auf den Hudson River nicht die schlechteste Option war.

Es klopfte an meiner Tür und ich zog mich zurück aus meinen Gedanken ins Hier und Jetzt. Vielleicht war es Antoines, der mir immer noch erlaubte, Betsy jeden Abend auf seinem Hinterhof parken zu dürfen. Und weil ich nicht wollte, dass Max mir einen eigenen Parkplatz kaufte, weil das völlig überzogene Geldverschwendung war, hatte ich Antoines Angebot dankend angenommen.

Doch anstatt ihn zu sehen, schob sich Max leicht duckend durch die schmale Tür. Ein Lächeln erschien auf seinem Gesicht und auch ich konnte meine Freude, ihn zu sehen, nicht verstecken. Sofort erfüllte sein herber, männlicher Duft den gesamten Innenraum.

»Was tust du denn hier?«, fragte ich. »Wollten wir uns nicht gleich zu Hause sehen?«

Max schloss die Tür und mir entging nicht, dass er den Schlüssel im Schloss umdrehte. Ohne den Blick von mir abzuwenden, zog er sein Jackett aus und hängte es fein säuberlich an den Haken zu meiner Tasche. Langsam, ohne ein Wort zu sagen, knöpfte er seine Hemdärmel auf und schob sie nach oben. Er wusste ganz genau, dass er mich allein mit dieser Geste wahnsinnig machte.

»Darf ich meine zukünftige Frau nicht an ihrem Arbeitsplatz besuchen?«, fragte er mit einem wölfischen Grinsen und kam einen Schritt auf mich zu. Er war immer noch viel zu groß für den kleinen Innenraum. Er senkte den Kopf und legte die Hände an meine Taille. Sofort summte alles in meinem Körper und Verlangen rauschte durch meine Adern. »Ich wollte dich sofort sehen und konnte nicht mehr warten«, raunte er und küsste mich auf den Hals, an meine Lieblingsstelle direkt unter meinem Ohr. Umgehend stellte sich eine Gänsehaut auf meiner Haut auf.

»Ich habe nichts dagegen«, wisperte ich. Langsam drehte er mich um, sodass seine Brust gegen meinen Rücken drückte. Er nahm meine Hände und legte sie flach auf die kalte Arbeitsfläche. »Aber was wird das genau hier?«

Seine Hände fuhren zu meinen Oberschenkeln und strichen sachte den dünnen Rock nach oben, spielten mit dem Saum und entlockten mir ein leises Seufzen.

»Ich habe mich daran erinnert, dass wir noch eine Sache offen haben. Und als ich darüber nachgedacht habe, wie wir diese realisieren könnten, konnte ich kaum noch einen klaren Gedanken im Büro fassen.« Er drückte seinen Unterleib gegen meinen Po und ich spürte, wie sehr er mich wollte. »Ich war den gesamten Tag über hart«, raunte er heiser in mein Ohr. Oh, ich hatte rein gar nichts dagegen, dieses Problem zu lösen, und war mir sicher, er spielte auf unsere ersten Küsse in Betsy an dem Abend an, der alles veränderte. Ich schickte ein Dankesgebet Richtung Himmel, dass mein Truck an diesem Abend kaputtgegangen war.

»Und was willst du nun tun?«, wisperte ich und drückte noch weiter den Rücken durch, um Max besser spüren zu können.

Seine Hände fuhren nach vorne und rieben mich fast grob über dem Stoff meines Höschens, wodurch mein Keuchen zu einem Stöhnen wurde. »Meine Fantasie wahr werden lassen«, erwiderte er, hakte die Finger in meinen Slip und schob ihn mir von den Beinen. Nur noch mein Rock verdeckte meine Blöße und als ich hörte, wie Max seinen Gürtel öffnete und dabei ungehalten knurrte, konnte ich an nichts anderes mehr denken als daran, ihn endlich zu spüren.

Er schob meinen Rock nach oben und führte seine breite Spitze gegen meinen Eingang. Doch er drang noch nicht in mich ein, leicht drückte er dagegen und führte seine Hand an meinen Kitzler, um ihn mit sanftem Druck zu umkreisen.

»Fuck, bitte«, flehte ich und vernahm sein raues Lachen.

»So ein großes Mundwerk«, murmelte er und drückte immer fester mit seinem Schwanz gegen meine Pussy, bis er leicht eindrang und ich ihm mit einem lauten Stöhnen entgegenkam. Er quälte mich, ließ mich zappeln und erfüllte mir gleichzeitig jeden Wunsch.

Als er spürte, wie bereit ich für ihn war, umfasste er meine Hüften und stieß von hinten zu. Ich drückte mich gegen ihn, genoss es, wie er mich ausfüllte und in mir leicht vor Erregung pulsierte. Endlich nahm Max seine Bewegungen auf und steigerte sie in einen unbarmherzigen Rhythmus, der mich sofort an den Rand der Klippe brachte. Ich krallte mich mit den Fingern in die glatte Arbeitsfläche, um Halt zu finden, was mir kaum gelang, legte meinen Oberkörper darauf ab und ließ mich von meinem zukünftigen Mann nehmen. Ich liebte es, wie wir als Einheit verschmolzen und genau wussten, was der andere in dem Moment brauchte.

Es dauerte nicht lange, da spürte ich das Ziehen in meiner Mitte, das meinen Orgasmus ankündigte. Als er mich in Wellen erfasste, kribbelte mein gesamter Körper und ich konnte kaum noch atmen. Ich hörte Max' tiefes, kehliges Stöhnen, als er mir folgte und sich in mir ergoss, ehe er seinen Oberkörper schwer atmend auf meinen legte. »Wieso haben wir das noch nicht früher gemacht?«, fragte ich und erntete ein raues Lachen. Max zog sich aus mir heraus und drückte mich an sich. Ich umfasste seine Taille und kuschelte mich in seine Umarmung.

»Wir haben ab sofort unser ganzes Leben Zeit dafür«, antwortete er. Ich lauschte seinem schweren Herzschlag und seufzte tief und glücklich. Da hatte er so was von recht.

Ende

Du willst mehr?

Dann hier eine Leseprobe von

My arrogant Millionaire
A bad Neighbour Story

1

Grace

Mein Herz klopfte mir bis zum Hals, als ich die Keycard auf das moderne Display legte. Das Geräusch einer Entriegelung erklang und ich seufzte innerlich auf. Zu meinem Glück hätte noch gefehlt, dass sich das verdammte Schloss meines neuen Zuhauses für die nächsten vier Wochen nicht öffnete. Das ganze Gebäude strotzte vor Geld und war von oben bis unten mit dem neusten Schnickschnack und Hightech gefüllt. Als ich den Kontakt von Mrs. Ramirez von meinem besten Freund William erhalten hatte, hatte ich noch nicht ahnen können, worauf ich mich einlassen würde. Dabei hatte ich nur nach einer Bleibe gesucht, die mich am Tiefpunkt meines Lebens aufnahm.

Nein, auf keinen Fall, ich würde mich nicht schon wieder im Selbstmitleid suhlen! Zu lange hatte ich darin verbracht, nun war es an der Zeit auszubrechen. Und das hier war der Anfang!

Gespannt drückte ich die Tür auf und schob meinen Koffer in den weiten Flur des Apartments. Ein Duft aus Pfingstrosen und Lavendel empfing mich und ich machte einen Duftspender auf einer teuer aussehenden, matten Kommode aus. Na gut. Um ehrlich zu sein, war jedes dieser Möbelstücke schweineteuer. Wahrscheinlich war sogar der Klositz aus Gold. Ich pfiff leise durch die Zähne, schloss die Tür und machte mich auf die Suche nach meinem neuen Mitbewohner.

»Jack?«, rief ich vorsichtig ins Innere und schlenderte den Flur hinunter, während ich mir die Fotos anschaute, die an der Wand hingen. Mrs. Ramirez war für ihr Alter eine sehr attraktive Frau, das musste man ihr lassen. Und ihr Kater bedeutete ihr so ziemlich alles, nach der Anzahl der Fotos von ihm und ihrer eindrücklichen Bitte zu schließen, ganz besonders auf ihn aufzupassen. Meine neue Berufsbezeichnung? Katzensitterin. Um genau zu sein, Katersitterin, aber wir wollten ja nicht kleinlich sein. Schon gar nicht, wenn ich dafür in diesem Schmuckstück wohnen durfte.

»Jack?«, rief ich erneut nach dem Kater, der sich sehr wahrscheinlich irgendwo verkrochen hatte. Ich lugte in das Zimmer auf der linken Seite, das augenscheinlich Mrs. Ramirez Schlafzimmer war. Es gab einen gigantischen Katzenkratzbaum in der einen Ecke und ein einladendes Doppelbett mit einem Überwurf aus grauem Satin in der Mitte des Raumes. Ich suchte im Kratzbaum und unter dem Bett, doch fand keinen schwarzen Kater. Zurück im Flur folgte das Gästezimmer auf der rechten Seite, mit eigenem Badezimmer und einem identischen Bett. Ich freute mich bereits jetzt, dort einzuschlafen, oder in der freistehenden Badewanne zu liegen, während ich das rosafarbene Schaumbad genoss, das auf dem Rand in einem Flacon aus glänzendem Glas auf mich wartete.

Ich verließ den Flur in die andere Richtung, passierte eine zu einer Seite offenen Wohnküche und erreichte schließlich das größte Wohnzimmer, das ich je in meinem Leben betreten hatte. Meine Familie war nicht arm, aber dieser Reichtum war mir völlig fremd. Ich fuhr die Linien einer griechischen Statur auf einem runden Beistelltisch nach, entdeckte eine lederne Sitzgruppe vor einem breiten, gemauerten Kamin und einen Essbereich in der Nähe der Küche. Meine Schuhe klackerten auf dem Steinboden und ich fragte mich, ob ich sie nicht doch hätte ausziehen sollen. Schnell schlüpfte ich aus meinen Ankleboots und lief auf Socken weiter. So wie es hier aussah, war Mrs. Ramirez recht kleinlich mit ihrer Wohnung. Ich wollte auf keinen Fall an irgendeinem Kratzer schuld sein und Nachzahlungen leisten müssen.

Ein plötzliches, leises und fragendes »*Miau*« ließ mich aufhorchen und ich blieb stehen. »Jack? Jack Sparrow? Komm zu mir, Junge«, sagte ich sanft und ging auf die Knie. Auf einmal erschien das Kätzchen hinter dem breiten Sofa der Sitzgruppe und starrte mich an, als wäre ich eine Einbrecherin. Für ihn war ich das schließlich auch. Sein seidiges, schwarzes Fell glänzte im Sonnenlicht, das durch die raumhohen Fensterscheiben hineinfiel. »Na da bist du ja«, sagte ich ruhig und der Kater traute sich einen Schritt auf mich zu. Ohne mich zu bewegen, wartete ich ab, bis er mich erreicht hatte und mit seiner süßen Stupsnase an meinem Knie schnüffelte. Anscheinend hielt er mich für kompetent genug, denn aus seinem schlanken Körper erklang ein leises Schnurren und er drückte sein Köpfchen gegen meine Handfläche, die ich ihm hinhielt.

»Wir werden die nächsten Wochen gut miteinander auskommen. Ich mag es auch nicht, alleine zu sein«, gestand ich dem Kater und kraulte seinen Kopf. Ich hatte die Besorgnis heute Morgen aus Mrs. Ramirez Stimme gehört, als wir telefoniert hatten. Vorsichtig zog ich mein Handy aus der Tasche und machte ein Selfie mit Jack, das ich ihr schickte. Es dauerte nur wenige Minuten, da schrieb sie zurück, wie froh sie war, dass wir uns verstanden. Und ich war das ebenfalls. Was wäre passiert, wenn Jack mich nicht angenommen hätte? Ich hätte wahrscheinlich sofort ausziehen müssen. Wobei es Mrs. Ramirez sicher schwergefallen wäre, das eigenhändig aus Australien zu organisieren, doch Menschen wie sie hatten immer ihre Kontakte.

Langsam, um den Kater nicht zu verschrecken, stand ich auf.

»Na, hast du Hunger, kleiner Mann?«, fragte ich und ging in die Küche. Mrs. Ramirez hatte mir mitgeteilt, dass ich nicht nur pro Woche einen Lohn für meine Arbeit erhielt, sondern dass einmal in der Woche eine Essenslieferung gebracht wurde, die den gesamten Kühlschrank füllte. Und der war groß. Gigantisch, um es genau auszudrücken. Ich musste dazu nur den Zettel ausfüllen, der am Ende der granitfarbenen Arbeitsplatte lag. Das würde ich wohl hinbekommen. Ich hatte nie darüber nachgedacht, weil es mir bisher nicht an vielen Dingen gemangelt hatte, aber stinkreich zu sein, hatte definitiv seine Vorteile. Meine Laune hob sich sekündlich, vor allem, als ich den vollgepackten Kühlschrank und die volle Speisekammer entdeckte. Ich schaltete über mein Handy meine Lieblingsplaylist ein und legte es zur Seite, während ich tanzend und hüpfend ein Katzenmenü für Jack und ein Sandwich für mich zubereitete. Ich konnte nicht glauben, dass ich nach all den letzten, furchtbaren Wochen den Jackpot gezogen hatte. Zumindest für einen bestimmten Zeitraum. Über das Danach konnte und wollte ich mir keine Gedanken machen.

Ich schickte auch noch Will ein Selfie und schrieb ihm ein großes Dankeschön, während ich mit dem Sandwich in der Hand weiter durch den Raum hüpfte und mir alles anschaute. Mrs. Ramirez hatte einen wirklich auszeichneten Geschmack und ich sollte jetzt bereits die antiken, teuren Kunststücke wegräumen, bevor ich noch etwas umschmiss. Was bei meinem derzeitigen Glück recht schnell passieren würde.

Das erste, was ich nach dem Essen machen wollte, war meinen Koffer auszupacken und ein Bad in dieser gigantischen Badewanne zu nehmen, die ich bei meinem ersten Blick in mein Zimmer entdeckt hatte. Mal sehen, vielleicht würde ich die nächsten Wochen durchgängig in dem Badezimmer aus goldenem Marmor verbringen? Ich musste nur zwischendrin einmal heraus, um Jack sein Essen zu machen und ausgiebig mit ihm zu spielen. Endlich hatte das Karma es wieder gut mit mir gemeint. Meine Mom hatte schon immer gesagt, dass ich ein Glückskind war, und vielleicht konnte ich ihr diese Aussage endlich wieder glauben. Jack saß auf der freistehenden Kochinsel und beäugte mich mit schiefem Kopf. Ich vollführte eine besonders schnelle Drehung, während ich mir den letzten Rest des Sandwiches in den Mund stopfte und mitten in der Bewegung innehielt. Großer Gott.

Zum ersten Mal fiel mein Blick durch die Fensterscheiben nach draußen. Durch die wunderschöne Einrichtung und die gesamte Atmosphäre hatte ich mich völlig blenden lassen. Das Gebäude war wie ein L errichtet worden. Das bedeutete, dass ich von meinem Apartment direkt in das gegenüberliegende hineinsehen konnte. Und nicht nur das, der Besitzer hielt von dem Wort Privatsphäre oder Gardinen rein gar nichts. Mein Mund klappte auf, als ich sah, wie er oberkörperfrei, nur mit einer tiefsitzenden Jeans auf den schlanken Hüften durch seine Wohnung schlenderte. Sie war ähnlich wie die von Mrs. Ramirez mit dem Unterschied, dass sie noch größer und ein wenig anders geschnitten war. Ich konnte nicht nur einen perfekten Blick in sein Wohnzimmer und die offene Küche werfen, sondern sah einen Teil seines Schlafzimmers. Der Mann störte sich nicht daran, dass jeder auf meiner Seite ihn beobachten konnte. Stattdessen ging er weiter, drückte sein Handy fest an sein Ohr und sagte irgendetwas, während seine Augen auf den Boden gerichtet waren. Mein Blick wanderte von seinen muskulösen Bauchmuskeln über seine breite Brust, bis zu seinem Bizeps, der sich unglaublich unter dem Griff seines Telefons anspannte. Dieser Mann war ein Gemälde, dazu geschaffen, ihn anzusehen. Deshalb verspürte ich auch keine Scham. Im Gegenteil. Seine Schritte strahlten pure Arroganz aus, die mich sofort anzuziehen schienen. Während er weitersprach, fiel mein Blick auf seinen Mund. Volle Lippen, perfekt geschwungen und dazu gemacht, zu küssen. Anschauen konnte ich ihn, aber mir war absolut klar, dass dieser Mann, so wie er sich bewegte, wie er sprach und dabei seine dunklen Brauen runzelte, wusste, wie er auf andere wirkte. Vor allem auf Frauen. An so einem Exemplar von einem Mann konnte man sich nur die Finger verbrennen.

Plötzlich lief er zur Tür, das Handy immer noch am Ohr. Er öffnete sie und davor erschien eine Frau, die ihn unverhohlen angrinste. Sie war genauso atemberaubend wie er und beide bildeten ein perfektes Paar. Er ließ sie mit einem Nicken hinein und schloss die Tür. Die Frau stolzierte auf unfassbar hohen Hacken in die Wohnung, während er sich mit dem Po gegen die Küchenanrichte lehnte und sie dabei beobachtete. Ihr Blick wanderte in die andere Richtung, aber sie wusste ganz genau, dass er sie anschaute. Langsam öffnete sie ihren schwarzen Mantel und streifte ihn sich von den Schultern. Er rührte sich nicht, während der Stoff hinabglitt und sie nur noch in Unterwäsche vor ihm stand. Dafür schnappte ich nach Luft. Gemächlich drehte sie sich zu ihm um und sein Grinsen wurde wölfisch. Er nickte und redete weiter, aber anscheinend eher zu dem Jemand am Telefon, denn die Frau antwortete nicht. Mein Herz raste und meine Hände wurden feucht, als sie auf ihn zulief und vor ihm auf die Knie ging.

Ich wusste, an diesem Punkt war es falsch, weiter zuzusehen, doch ich konnte mich genauso wenig rühren.

»Oh, Jack, wusste dein Frauchen von dieser Showeinlage?«, flüsterte ich, als könnten die beiden auf der anderen Seite mich hören. Doch das taten sie ganz bestimmt nicht, denn sie waren viel zu sehr in ihr Spiel vertief. Die Frau strich ihm mit den Fingernägeln über den Ansatz seiner Bauchmuskeln, wodurch sie sich noch enger anspannten und deutlich hervortraten. Er packte ihre Finger und legte sie sich auf die Hose. Er wusste genau, was er wollte. Als sie langsam seinen Reißverschluss nach unten zog, konnte ich mich endlich aus meiner Starre befreien und wandte mich ab.

»Ich gehe baden, Jack, und versuche mir die Augen mit Seife auszuwaschen, um diesen Anblick aus meinem Gedächtnis zu bekommen«, murmelte ich und fächelte mir Luft zu. Mit so einer Show hätte ich als Letztes gerechnet. Alles andere in dieser Wohnung war phänomenal, aber ich hoffte, dass mein heißer Nachbar diese Vorstellung nicht zu häufig abzog.

Printed in Poland
by Amazon Fulfillment
Poland Sp. z o.o., Wrocław

12525373R00136